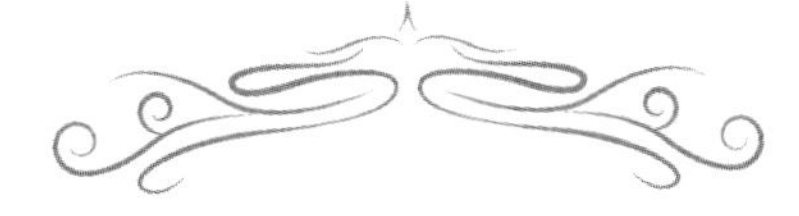

“枞阳文学精品丛书”组委会名单

顾　　问	杨如松	县委书记
	占聆娜	县人大常委会主任
	何正清	县政协主席
主　　任	杨秀顾	县委副书记、县政府县长
副主任	杨贤招	县委副书记
	黄　楚	县委常委、宣传部部长
	左敬东	县委常委、常务副县长
	周晓娟	县人大常委会副主任
	吴正芳	县政府副县长
	江习明	县政协副主席
成　　员	叶学挺	县委办公室主任
	李友好	县政府党政成员、县政府办公室主任
	张文满	县人大常委会教科文卫工委主任
	钱利勇	县政协文化和文史学习委主任
	黄　勤	县委宣传部副部长
	吴立友	县发改委主任
	朱　晋	县财政局局长
	周剑斌	县教体局局长
	吴文汉	县住建局局长
	刘毛陆	县文旅局局长
	周立宏	县招商服务中心主任
	胡学东	县委史志研究室主任
	章宪法	县文联主席

“枞阳文学精品丛书”编辑部名单

主　　编　章宪法

分册主编　章宪法　谢思球　陶善才　齐永平
周巨龙　刘檀风　周八一　钱新华

图片编辑　吴保国

枞阳文学精品丛书（第四辑）
丛书主编◎章宪法

岱鳌的雪

刘檀风——著

合肥工業大學出版社

图书在版编目(CIP)数据

岱鳌的雪/刘檀风著．—合肥：合肥工业大学出版社，2021.9
(枫阳文学精品丛书．第四辑)
ISBN 978-7-5650-5405-1

Ⅰ.①岱…　Ⅱ.①刘…　Ⅲ.①诗集—中国—当代　Ⅳ.①I227

中国版本图书馆 CIP 数据核字(2021)第 174861 号

岱 鳌 的 雪

DAIAO DE XUE

刘檀风　著　　　　责任编辑　疏利民

出　版	合肥工业大学出版社	版　次	2021 年 9 月第 1 版
地　址	合肥市屯溪路 193 号	印　次	2022 年 4 月第 1 次印刷
邮　编	230009	开　本	710 毫米×1010 毫米　1/16
电　话	理工图书出版中心:0551-62903018	总印张	123.75
	营销与储运管理中心:0551-62903198	总字数	1546 千字
网　址	www.hfutpress.com.cn	印　刷	安徽联众印刷有限公司
E-mail	hfutpress@163.com	发　行	全国新华书店

ISBN 978-7-5650-5405-1　　　　总定价：432.00 元(共 9 册)

序

炽热的诗情火焰似的飞

李　云

很久没有这样被分行文字的内核所打动，日常诗歌编稿业已让我的心态变得疲惫，审美变得麻木。众多蜂拥而至的口水诗、下半身诗、一般抒情诗和网络日记体诗歌，在一定程度上污染了人的目光和听觉，耳聪目明的人也会在这样长久的阅读里变得失聪失语失智甚至失去方向感。合上刘忠先生的诗集《岱鳌的雪》，我感到阅读诗歌的美感和快感久违重归；抚摸这本薄薄的诗集，我又看到那张憨厚、执着、木讷以及大智若愚的面孔，并悄声遥祝：刘忠（笔名刘檀风），你的诗歌是成熟的诗歌，是有重量的诗歌。你的诗歌来自火焰，并照亮一切黑，包括你个体心底的那块阴云的积聚地和身外世象的雪乡的集散地。是的，你需要火，你也拒绝火；你喜欢火，更憎恨火。你点燃时，伤及亲人，那是你永远的痛和不可饶恕、宽宥自己的原罪。我知道，刘忠能成为诗人，与他人不同，他的诗来自一场火，他的诗是忏悔之诗，是自我救赎之诗。

当我在己亥年初冬从柳州到黄山的旅途中写这篇文字时，我和刘忠之间的诗侣友谊已存在 20 多个年头了。初识刘忠，他 19 岁，就已在《诗刊》上发表诗歌，是我们那届诗会里年龄小而成绩大的同学。他不太喜欢热闹，一直以来，他都是默默做事，并且把事做成做好做出色。他甚至在会议间隙去做一些属会务人员干的杂事。他是任劳任怨的老实人，老实人仿佛当不了“诗人”，诗人就该风流倜傥、卓尔不群、行为怪异、言语乖张，好像非得如此才可谓是诗人。他的面孔生来仿佛要生长苦难，他的眸子里也确存有忧郁，我一直想猜透这么年轻的人为何有一个忧伤的心境，这是个谜待破解。一直到几年后，我和他一次酒后抵足夜谈，他告诉了我这个谜底，就是在他 7 岁时玩火烧伤了自己的妹妹。说时他是哽咽的，他说他写诗是为了叙述自己的过失，是祈祷自己亲人的幸福，是自己鞭挞自己的私刑，只有在写诗时才能忘记那梦魇似的火，也只有在写诗时，才能让自己有一丝心灵的轻松。我还记得那个晚上的后半夜，标准间的床上躺着两个辗转反侧、夜不能寐的人——诗人。布莱克的诗这时让我想起，“火焰灼灼，燃烧在黑夜之林”。那只老虎仿佛在走近我们旅店的门前。

这么说有将刘忠诗歌归咎于一场意外之火的嫌疑。事实上，诗歌有意外的成分，但不是全部。一个人成为诗人，天启和神示的因素并不可靠，生活经历和生命体验不可或缺。诗心萌发也是一种生命情态，一切“世法”皆是“诗法”。世上困苦、艰难、丑陋，甚至卑污，皆是诗。但诗又高于生活，一首诗真正成立恰恰在于它溢出的部分。刘忠的诗由一场火诱发，但在经年创作中，他自觉地将卑微的生活与无情的火之间建立了隐秘的联系。火变成一个出口，变成尖锐的疼痛，变成深刻的忏悔，变成灼热的呐喊。他的诗溢出了火的边界，留给我们一个飞翔的姿态。

回到 20 年后这本诗集文本，我不想用更多形容词和所谓理论来美誉刘忠的诗。比如，语词运用的优美且有张力、新鲜且隽永，意象捕捉生动且独特，节奏感强劲且舒缓，韵律有致且有跌宕。这些我都可以举出许多实例来，比如，哲学表达有“此生只想做好一块岱鳌山的石头”，

“决定与鹰冲突，在这个秋天/我绝对不会产生一些悲悯”，“我是秋分必须鞭策的马/秋风不来，我也不会成为草的奴隶”；比如，先锋表达有“我已经与自己的影子分道扬镳”，“我承认，自己的心底有一匹害群之马”；比如，特色异质表达有“所有河流都是闪电鞭笞大地的印记/没有人能够做到心静如止水”，“我的灵魂走出了我的身体/我的影子还在”……我告诫自己不能这样来看他的诗，这是对他的诗的不尊重，对诗的不尊重也就是对他人的不敬重。

读刘忠的诗，我认为要找到一个对照物或参照系。我找来这首诗作为参照系，“而每当我来到那甜蜜可爱的村庄/在那夜幕下，我的黑眼睛少女合眼入睡的地方/就有非凡的火焰/在我的灵魂里灼灼燃烧/将我的歌唤起”。是的，还是布莱克的诗，我发觉刘忠的诗歌气息上有布莱克的内质，它们的美学理念和气息感上有近似相通的地方。刘忠在这本诗集里，大多的叙事和抒情对象是将逝的故园和那里的山水田园枫树寺庙，已逝的和尚存的亲情和亲人，以及自己对当下转型过程中所有际遇的一种轻叹和呐喊。这在他创作的向度和维度空间上，均呈现出这样的色块：炽烈的火、红色，宋瓷的碎片、灰白；岱鳌山的色泽、青，九棵枫，泣血等等。他让这些色彩相互影响，覆盖、互融、转变、重塑，使每首诗都有不一样的光泽和特色，这些使他语词重构后的塑形呈现了特质和异质的美感。

因此，刘忠的诗在诗坛上有着较高的辨识度。相比较而言，当下不少诗作轻逸、虚幻、缥缈、空灵，像悬浮在半空中。而他的诗坚挺、厚实、磅礴、深邃，像一棵树深植于土壤，深植于生活，越向下越向内越扎实。他的诗从日常生活中长出来，粗粝、坚硬、隐忍、节制，有着风沙拂面的疼痛。这种创作风格与其说是一种文化自觉，不如说是一个热爱生活的人对生活的体察、辨认、承担与反抗。诗歌归根到底与人有关，与生命有关。诗中的每一个词都与人共呼吸，都沾染着个人气息。看似孤立的词语一旦组合成诗，就构成诗歌内核，投射出个人精神气质。

我是异乡人，寄居桐城
我每天傍晚必须驾轻就熟地归来
却在第二天清早
不得不向繁华的生活签退
闪现在乡村的石头，有些绝对是鲁肃的弃子

呈现在眼前的
是雨水洗涤过的东作门
包括墙头上的仙人掌，不再青面獠牙
我还没有准备好
不如垂钓的人依旧在河边等待一条鱼
我在雨中行走，背着写生的行囊
然而，它却作了风雨的同谋
毫不留情地
将我的五脏六腑泄露得五颜六色

——《雨天，远眺投子寺》

“异乡人”“向繁华的生活签退”，变成“乡村的石头”，“写生的行囊”“将我的五脏六腑泄露得五颜六色”。“我”何去何从？精神上的栖居之所在哪里？这既是对自我也是对时代的追问，正是这种追问让人不至于在快节奏的生活中迷失。

当然，我不是让读者只认同他的诗歌之技。顾随在《驼庵诗话》里提出好诗要达到三个境界：一是夷犹，二是氤氲，三是坚实。希尼也提道：“最好的作品里有很多令人羡慕的东西：坚定、精致的韵律，明确的地理环境。”那么，我认为“坚实”与“坚定”是诗歌的内核和思想层面的应有之物，如果一首诗只停留在对一般性事物的理解和表达上，那么这些作品就是轻飘的，是羽毛不是生铁。羽毛只能借风而遁，只有生铁才能敲响心钟、振聋发聩。

刘忠自觉把自己当成一块生铁，用炽热的诗情提炼内在的火，或灼烈或冰凉。他写故乡，写亲情，写对事物的认知，没有停留在一个层面，或站在一个角度来理解和审视；既唱响对远逝的农业文明的挽歌，又展现对现代工业文明的礼赞。他不是保守地理解，而是持开放的态度，认识到乡村和都市的转型都不可逆转。他用诗歌记录现代化进程语境下人的情感。所以他的诗本体上是先进的或现代的。

上午，我往乡下打了一个电话
婶娘说，一夜之间
万亩圩里的稻穗成片成片地倒下了
张二狗的爷爷上吊了
女人们在雨中抢收
男人们送葬的队伍又一次经过九棵枫

我要将秋天监控起来
墙脚边上，一簇野菊花正在小心翼翼地糜烂

忽然牵挂起南京
记得舅舅睡在兴卫村，他要守护也在睡着的外公
他们曾经十分讲究立冬之前吃葱
终了，来去匆匆
为了去看他们，我的父母在迈皋桥匆匆来去
绝秋夜，予我一记耳光
父母居无定所，故乡从此漂泊

——《绝秋》

绝秋日，送葬的队伍经过九棵枫，一簇野菊在糜烂，父母在南京迈皋桥匆匆来去。简洁的叙事，目的不是将城市和乡村二元对立，而是试图呈现人在城乡之间的犹疑、漂泊与无奈，试图找到一条从过去泅渡到现代的路径，试图找到安身之所。尽管没有结论，但疼痛感油然而生。某种意义上，诗歌不是一种可能，而这恰恰是诗歌的力量。

写亲情，尤其是写给妹妹或涉及那场火的诗篇，每一首都上乘之作，都是让人为之动心、动容、落泪。

那年家里穷
只有一盏孤单的煤油灯
母亲点着灯
我点着了妹妹
然后我们进入绩溪路，进入河流疼痛的内核

在河流以外，天地混沌一片
燃烧着的妹妹是一只照亮我前行的火把
燃烧着的喊叫
侵占着我的耳朵，至今未曾撤退

父母双亲紧紧地抓住一支野芦苇
为了上岸
这些年，他们讨好风雨雷电
他们讨好世间万物

——《重复》

这首诗直面被意外侵蚀的生活，绩溪路上的那家医院让绩溪路成为一条悲伤的内流河。父母为了给妹妹治病，抓住一支芦苇，讨好风雨雷电，讨好世间万物。生活的细节已然被意外放大成了生活的全部。河流不停息，忏悔与悲悯不停息，救赎不停息。

缘何如此？还是因为诗人是真诚的，用真情在写作，真情写作是有生命的写作，也是写作最根本的要求。但当下，不少诗人是持“伪抒情写作”“零点写作”“说谎，是不少诗人的写作手段”。刘忠的诗歌不“装神弄鬼”，不说“神话、鬼话”。诗歌说真话是当前诗歌创作的拨乱反正，刘忠走在前列。人之“坚定”，诗必“坚实”。

同样的，在《早点摊写生》这首诗里，他深入生活内部，选取清洁工的几个生活片段：每天早点时聚在一起，往早点中加点小酒（醋），高谈阔论，争得面红耳赤，更多时候在麻木不仁地清扫垃圾。庸常的生活仿佛只剩下早点摊边的喋喋不休，但他们分明又是知者，在黎明时听过鸟鸣和人心叵测。

这几个清洁工每天穿戴相同
每天早点加小酒
小酒叫醋，能让人一醉方休的
不一定是烈酒
他们高谈阔论，常常争得面红耳赤

他们都是知者
应当是只有黎明的时候
最容易听见鸟鸣和人心叵测
他们一直
在不停地扩散上天的隐秘

之前，他们清运了那么些垃圾
应当是那么些的废物

经过黎明前的黑和反思
面对笤帚和簸箕的时候
嘶哑地发声

他们麻木不仁地清扫垃圾
他们还习惯在早点摊边喋喋不休

——《早点摊写生》

整首诗看似简单，但韵味十足，有很强的在场感。我以为正是这些及物的表达为他的诗插上了翅膀。这样的诗火是冰凉的，但亦能灼痛人心。

这只是组诗《养拙存吾道或者火马盲流》中的一首，我对这一组诗特别欣赏。“养拙存道”是道家老庄的学说，清代傅山说“宁拙毋巧”，陶渊明说“抱拙归园田”。回归自然、回归本质，不投机取巧，是一个成大器之人的根本，认识到这层面的人少矣。放眼芸芸众生，低调、庄重、沉稳，是一种境界，是成就大儒大师的一种修为，也是当好一个有成就的诗人的根本所在。刘忠能成为一个有成就的诗人，因为他悟出了“养拙存道”的道理，这是正道，自然有大的回报。让我们以祝福及企望的目光注视这位面孔庄严、语言木讷、做事严谨、作诗认真的诗人的未来和成就，我想那必将是一个大的、新的未来和成就。

代为序。

2019 年 11 月 5 日

作者简介

李云，安徽省作家协会秘书长、《诗歌月刊》主编。

目录

第一辑 从岱鳌山发脉

是否每一个曲转轮回都从岱鳌山发脉

此生只想做好一块岱鳌山的石头

印象岱鳌

我终将找到那一方大印，找到那些
磐石垒起的承诺。最后，皈依岱鳌
一棵，两棵，三棵……请允许我数下去
有多少棵松树
就有多少人在慕拜这岱鳌的山山水水

把传说嫁接在已经成为半茬的小猴石上方
不如我猜测的阳光透过簇簇松针
挂在鬼门关前的岩壁上
斑亮或者是他们点点闪烁的灵魂

我已被召唤，被一个山民和他的影子带领着
走进香姑坟无比巨大的空洞之中
然后，我向翠林公打听
是否每一个曲转轮回都从岱鳌山发脉
此生只想做好一块岱鳌山的石头

传说抑或修辞

秦始皇当年的遗憾像大凹口一般宽阔
“三鞭赶不动岱鳌山”
朱子香的胡须悠长而花白
如水一般，渐渐地漫过曾庄水库

十小姐逃到石巴岭，石巴承载
他们的爱恨情愁深锁在身旁的箱子里
一千人马只剩下了石公、石婆
她问：“苍茫世间能有几人真心相随?”

油盐石的泪痕如今长成两条青色的藤蔓
好比铁镣缠住一颗劫富济贫的心
愁过寒露，依旧在冰封之中
那些欲望在山涧里表面平静地流淌
通江达海后却是咆哮冲天

强盗坟是一块伤疤，一只豺狼
被村子里的一群狗抵御后过来对比疼痛

它的上面有十三株杜鹃，二百年来
每一次都盛开得那般的羞愧难当

传说千年百种，我也羞愧难当

烟雨三圣庵

别无选择的雨后，我从一线天来
在一块碑记前，和张廷玉的思想进行了一次重叠
在庵内不敢指指点点，凭心阅读
由小围净土庵而生
红尘之外，菩提莫非也有欲说还休的痛楚
我手捧檀香，从内到外地打听一棵树的名字
我在一座亭子里，跏趺而坐

家族图腾

形而上的图腾，悬挂在姚家享堂的正中
土楼里时光穿梭
它们背面的岱鳌山与春天里的蝴蝶相遇
经风唆使，野花次第开放
我的孩子打四岁起被要求识记进山的路
对着他还莫名的土堆磕头

每年一次，我经过内皇地都要张望一下
质疑那场暴雨
开始天昏地暗，泥沙俱下
二十年后儿子沿途来寻找并且重复我
其实，他的父亲只是这山上
一块似乎想极力灵动的石头

岱鳌以西

岱鳌以西和我的身体版图一样辽阔
地势褶皱，有三条干渠从绵延的苍翠中钻出
偶尔也随我的思绪急流澎湃
匆匆泻去谷林寨里的千军万马和人声鼎沸

岱鳌以西，与岱鳌依然在一起
它是一幅国画的左下角
任由我从边缘开始早来晚去地拯救
“每一步都是一次死亡，每一座坟墓都是母亲”

岱鳌以西没有一盏漫游的灯
几户人家的袅袅炊烟足以把山里的整个黄昏遮掩
夜幕降临得如此突然
我顺手扶住一路下沉的星月，且行且吟

朱家老屋：一种出走的美

那些时候，孟实故居①是岱鳌夜色里
一颗挽留不住的星辰
朱家老屋演绎着一种悲情出走的美
那些粮票早在故乡的岁月中风化
在先生缺席的土壤里长成一棵棵具体的愧疚
它又是一种思念，四季青翠欲滴
它的梦想高过十月天空中南飞的雁阵

今夜，朱家老屋的人们在岱鳌的夜色里
放逐一盏盏纯朴的河灯
今夜，我正在虔诚地拜读《菩提星月》
我将要去追寻八十年前从岱鳌出发的美

---

① 孟实故居即朱光潜故居

界墩里的一匹马

界墩里一定有一匹马，与我的属性无关
它是公狮母狮风雨相依的旁观者

月色倾泻，那马儿是我今夜唯一的客人
请求我在纸上素描一幅完整的岱鳌山

那马儿北出大关，背回鸿钧老祖的籍贯
那马儿南下菜子湖，扛来郭子仪捎给娘亲的叹息

一匹马在夜里不停地奔走
一个人第十一次披荆斩棘地攀爬钉子石

地藏王留下的脚印是个陷阱，他终究归了九华山
新人房里的私语被山坡下放牛的娃们传开

那马儿一定做过朱小山的坐骑
八把关刀追随他经历了多少腥风血雨

界墩在月光下模样依旧，马儿黎明前准会回来
界墩千年，马儿千年

关于岱鳌的十四行

星期六的傍晚：静静地坐在凤凰池前
他的肩上披着岱鳌的深秋
沉睡越来越近……
灵魂让一些幽冥的词包裹着
像一块石头在微凉的山风中静止不动

叙述的人被一片野柿树的叶子轻轻抚摸
他们从一个传说开始，那些
关于爱情和战乱的谶语升满隔世的夜空
我必须继续下去
岱鳌山是个不错的宿命之地

我的每一次抵达都非常简单
照片里的狮子球赐予不了我的渴望
透过沧桑，同虚渺的风和有声息的蟋蟀交谈
所有现在岱鳌山的事物将来都是我的亲邻

山浮水面水浮山

倒立着，我的两根食指都要派上用场
不敢用它们指责上天，但可以戳进龟岩石
我要稳固地做
浮山上的一根旗杆
或者做好陈友谅军中帐的一根立柱
其实，最像一棵向日葵
与夕阳嫁接，作为我傍晚的面庞
倒影在张公岩的背面
那口井可以容水六担，可以红光摇曳

我给游客提供的地图上标明了海岛雪浪
在摩崖石刻的右边
在七十二洞和陆游的怀里面
一位道长禅坐石窟
一座寺庙掐进石头
半道半佛，山浮水面水浮山

我就这么倒立着观看火山喷薄欲出
待到月朗星稀

要么去天池边洗手
要么与天穹下一盘棋，与它因棋说法
一个人，若不能扭转乾坤
但可以选择与对弈的人互换角色
可以选择把食指腾出来，站立起来走南闯北

雨天，远眺投子寺

如果是雨天，我必然眺望投子寺
我理解窗外所有的雨滴
它们都来自硖石，都是魏曹追踪而至的箭点
历经岁月铺张
除了鹿院里
一直纠结着的荒草不肯抖擞精神
之外，尽是人间匆促的脚步

龙眠河善于接纳所有的悲欢离合
让钟声流淌，把清晨的甘露移交嬉子湖
让鸟巢搬出城市
把黄梅唱腔保护性地封存进文庙

我是异乡人，寄居桐城
我每天傍晚必须驾轻就熟地归来
却在第二天清早
不得不向繁华的生活签退
闪现在乡村的石头，有些绝对是鲁肃的弃子

呈现在眼前的
是雨水洗涤过的东作门
包括墙头上的仙人掌，不再青面獠牙
我还没有准备好
不如垂钓的人依旧在河边等待一条鱼
我在雨中行走，背着写生的行囊
然而，它却作了风雨的同谋
毫不留情地
将我的五脏六腑泄露得五颜六色

预见孔城暮雪

假借一坛村醪买醉，假借一片滩涂清蒸伏羊
孔城河静静地拐弯又拐弯
假借狂欢之名
我的疼痛，跟随着烧烤嚣张不已
指使自己的身段扭曲又扭曲
直到傍晚
抓一把沙子掩盖累累伤痕
直到夜深人静时，下一场雪掩埋人声鼎沸

直到疼痛走过“S”形十甲，飞檐翘角
直到戴南山先生别号忧庵
直到孔城暮雪，此事从此无关风和月

家家户户，依然走失了炊烟
我要伸手扶住它
我不忍心让轻轻渺渺的幻觉跌落孔城河
可以预见
那个不懂得脆弱的我
既没有扶住炊烟，也没有抓住流水

七甲 8 号巡检司，只有九间半房和一处
空旷的院落
假借桐乡书院的读书声以正制邪
假借裕丰隆香纸商号里的祭祀用品
去二甲的李鸿章钱庄抵押一场有关风月的狂欢

在六尺巷仰望星空

此处有皋比，此处练潭
最适合在秋天里召唤落叶和游子归乡
最适合与明月谈判
我把六尺巷竖了起来
当作一架让自己攀登大美的梯子
我赶过来，经它去往隔壁的荣军医院

练潭不会因为在乡野而寂寥
千里之书，不会因为历史久远而失去光泽

到那湖面上，放养一千只鸭子
再在鸭子栅栏以外，漂浮一万只空瓶子
下面挂上
三五倍数或者三五年头的珍珠母蚌
秋天里，我要做一位养着鸭子的珍珠饲养员
摘满天的星星
作为它们的饵料
作为无数的浮萍和忽动着的银鱼

我有一枝柳条，我有祖传的焕颜术
我将自己按捺在菜子湖以西
与龙头石一起仰望夜空星辰闪烁
俯瞰尘世峥嵘
河水回旋激荡形成深潭，澄净如练

我又一次经过六尺巷
我发现挂在天边的明月是秋天更是练潭的
即便在清朝，张英大学士也在抬头仰望

鉴别桐梓，心中晴岚

桐树和梓树是需要被鉴别的
它们跂望分行，它们的心里居住着山蚂蟥

路过一座旧得无比彻底的瓦房
它的屋檐下
挂着一架没被桐油封住的踩水车
酷似我失踪已久的寂寞
不肯被藻青山的袅袅青烟尘封

我要把桐树和梓树叠加成一座桐梓山
当作称量人生的秤砣
我要把桐树和梓树衔接起来
当作桐梓小河
当作一支汲取日月光阴的吸管

厮守桐梓山，就是厮守晴岚的底色
以梓树为药
除杀一些山涧田间的稻飞虱
或为一副琴底，弹一曲催人泪下的琵琶行

以桐果为锤，叩问心灵激荡的时刻
有没有黑白分明的底片

桐树和梓树需要被鉴别
它们跂望分行，它们的心里居住着桐梓晴岚

在禹王宫道观前露饮

我静坐石上，与涂山的晨光对视
他们远去
他们用忽闪忽现的亮点
召见我的凝望

还在原地的我，必要时阻挡阳光侧漏
为他们的返程准备荫蔽
他们归来，我就是此地的主人

禹合诸侯，只剩下禹王宫道观二千年
那株银杏二十一枝丫
垂乳有多长，光阴就有多短
短成十二天或者十二寸

并不是陶罐随处可见
我们依然让它居住在这方土地的里面

将旧时光隐藏到林间深处
借来漫山遍野的石榴花
盛下每一株草尖上的露滴
将就他们搬回的诗词一饮而尽

秋浦河溯源

所有的河流都是闪电鞭笞石台的印记
没有人能够做到心静如止水

遍布河滩的鹅卵石、空瓶子和贝壳
它们是在白天枯萎的一万颗星星

每一个夜晚
河心里成群的鱼儿依然出席天庭盛筵

每一片鱼鳞背面镌刻着闪烁的梦想
所有的雨水都是不堪重负的诺言

它们坠落人间，殷汇成川
所有的河流都是父母亲深情的眺望

一部分在地表泛滥成灾
另一部分在地下暗自抽泣

这不是天堂和尘世，这是地上和地下
我确信：每一条河流都是生长在人间的丝丝白发

在秋浦河漂流

石台之上，秋浦河简洁如水
上源有二，是笛声和箫音在逐渐靠拢
三县或是三生有幸，风过仙寓山，风吹罗裳
风啊，水啊，九曲十八湾
女儿村，古吊桥，牵引条上儿
李白五访秋浦，流传《秋浦歌》十七首
滩多水急，大唐导游旧相识

石台至上，在秋浦河漂流
云彩为皮筏，芦苇是撑杆，手掌当作桨
出发吧，与倒影做一对鸳鸯
泼水吧，要么泼出热情，要么学会接纳
搏击吧，用尖叫代替尖叫
用援手代替落差、湍急、狭隘和方向
到处都是手拉手，到处都是清凉世界

炊烟笔直

一根炊烟在风中站得笔直
一个小孩纤着一辆负重的汽车

一根炊烟在阳光下五彩斑斓
一场电影里射出的子弹击中我

一根炊烟陪着谁莫名其妙地叹息
一顶伞倒过来作了航船

一根炊烟像我一样脚重头轻
一种步伐原地踏步三个小时

一根炊烟和阴天一起遮掩
一次交易不动声色地走来走去

一根炊烟高高地耸立
一支香烟说：“你是我的偶像！”

我要太阳

我要太阳，乡村女教师坐在早餐桌旁
一只粗瓷碗盛满稀粥
一束野花进入她明亮的眸子
阳光坐在虚掩的门外
与匆匆赶着的时间打个招呼

她们约定第一首诗的名字
“我要太阳”是随晨风吹来的
清馨的词语让我一直感动
生活在偏僻的山村校园里
常能捕捉一些纯真、美丽和善良

没有人能够阻挡事物中
比如蝴蝶恋花，比如蜻蜓点水
是的，也没有人告诉我
选择什么时候离开这山这水

依山而立

依山而立。高亢或者低吟
背后的风景沿袭美丽的黄昏
一个放牛娃的横笛
一只蛐蛐的鸣叫惊动记忆里的爱人
一簇映山红为扫墓的人摘下
他们带走了什么
我又在高亢或者低吟什么

一场雨，一枝梅花

熟悉。一枝梅花
从校园的外墙伸进来
嫁给我和窗前的灯光
一场雨突如其来
在冬天的夜里淅淅沥沥
经过是梅花和雨水的关联词

我成为事物的旁观者
必须提起风，它
使一个季节结束
使我和乌鸦对话
然后拷问自己
两者之间的对称方式

梅花和我教学的房子

模样。如果要解释一个词的话
整个村庄都在浮动

梅花的喻义是暗香盈袖
底下的前辈

骨头扎起一幢楼房和一些平房
借助一声喟叹

一杯黄酒等于缄默闭口
背着一身朝阳到这里

这儿堆满了童年和天真
快乐和歌唱是春天里的种子

一个劲地长啊
菜子湖的笑声是层层起伏的稻谷

鲢鱼跳起一片闪闪的光辉

孩子说，我准备做一个弄潮儿

老师说，我准备做一个车夫
把谷粒运到远方

迎江寺的钟声

任风雨洗礼
拜佛的虔诚依旧

净身　吃斋
在响彻云霄的钟声里祈祷

只是过客匆匆
迎江寺用数百个春秋
谦恭着自己的佛事高度

任沧桑剥落
任历史叩击成岁月的印痕

菜子湖之夜

我。处在叙述的事物之中
开始安静下来
开始书写亲爱的菜子湖
这中国地图上的一丁点的蓝
今夜是一个彻头彻尾的容器
收藏住整个乡村
白天的镰刀、拖拉机和人声鼎沸
稻谷堆积成山
从团结圩的角度衬托
让所有人的梦境依山傍水

湖上的几盏渔灯忽隐忽现
没有声音传过来，但我
依然认识集市上的鱼和螃蟹
它们多么明显地
烙印着菜子湖的标记
如同我的安庆方言
在北京、南京都被人听出

我和菜子湖的夜一起安静
九月初十是重阳的第二天
普通的夜晚
月色已经挨家挨户地照彻
明天没有雨，如果
重阳过后三天依旧没有雨
整个梅花村落必然沉醉
菜子湖纯朴的水，水是酒
人与土地都喝得沉醉

现在人们睡熟了
在菜子湖畔繁衍生息的世世代代
比较我的五年时光
他们更懂得菜子湖夜晚的安静
他们安静得多么自然
不像我：安静就是沉默
夏季鲫鱼泛滥的时候，他们耕种
秋季枫叶如火的时候，他们收获
水草就是水草
大蚱蜢就是大蚱蜢
他们的内心永远水绿天蓝

我需要进入叙述的事物之中
需要另一种形式的安静
我用失眠的夜晚行走菜子湖
拾起一只河蚌的壳

将它放置案头
像容器一样
装满菜子湖安静的夜晚
包容我的浮躁不安

我在鲜红的背景里成长

春的吉祥。小草绿了，夸父的桃林花也开了
临盆的我恰是季节的春天
启明星升起来了，是谁挂着的灯盏
这样地撒给大地一阵清脆的啼哭
奶奶捧起一个鲜活的希望
洗浴胎儿的甘水啊
被奶奶的憧憬浸得通红通红
一个小脚女人珍藏的胭脂在鲜嫩的脸上
浓浓的写着“幸福”两个字
燃起火树银花
天边火烧云是谁丢失的披衫
我便站在鲜红的背景里——成长

夏的夜晚。奶奶搂着我的童年数天上的星星
我记住了黎明的亮度和慈祥的形状
我擎一柱火把，点着奶奶眼中的
星光灿烂和蓬勃朝阳
我怀着海子一样的向往
情愿理想奔赴太阳

我的心里掀起层层起伏的麦浪
——一个民族朴素的芬芳以及我的乳名
顺着奶奶晚饭时的袅袅炊烟
缓缓地飘散，缓缓地弥漫
我守在灶膛跳跃的火焰旁
在鲜红的背景里成长

秋的梦乡。奶奶常常走进我初秋的梦乡
这时候的我是一只成熟的知了
将满腔的激情唱成生活的最高音
这时候的我是一树紫化的桑果
将酸酸的甜呈到母亲的手心
最后的萤火虫在我的梦里飞来飞去
宛如奶奶游离的目光，锋利地雕刻
天边的一轮明月
什么时候镶进了一枚横切的苹果核
透着密密的渔网
一条红色的鲤鱼高高地跃过“龙门”
那个在淮河岸边日夜打捞
大禹流逝的青春的男孩，就是我
正在鲜红的背景里成长

冬的梅花。奶奶用一辈子的时光等待
一场遍地遍地的雪
直落到我的头顶，落到梅花开放的地方
一种洁白的心愿化作一片一片的雪花
只有我可以读腊底的雪月为镰刀

一种火红的祝福化作一杈杈梅的枝节
只有我可以读老树的弯处
硬邦邦的如铁锤如风骨山河
如秦始皇的兵马俑
我用额头的沟壑安葬了我的奶奶
一如这场雪，因为梅的缘故才徐徐降临
一如古稀的我，因为成长的缘故
在鲜红的背景里，一如既往地拨动年轮

父亲的梦想

把老榆桩搬进农家小院
把惠兰搬进抖音，父亲的门牙有豁口
他的吆喝跑风
他的桩头和兰草顺风跑遍了大江南北
他叼着香烟的模样让人一见如故

他用手机拍下每一个包装盒
与每一件快递合影，然后填写单据
每一个字都要互相搀扶，每一次回家
我都要帮助打印黑白照片
满满一墙，满满两抽屉

他说：寄走的都是娃儿，留个念想
既然如此，我认为父亲的梦想就是搬运春天

第二辑

雪花是风吹散了的目光

佛不说话，父母不说话

雪花飘得漫不经心。确认是风吹散了他们的目光

念　头

完年的时候，父母已经离开了九棵枫
我在老家守着平平淡淡和旧房子
他们却要去南京耕种沙石地
好像刨开水泥，种下梦想
待到秋天，就能够为我收割一套房子
我总觉得他们动机不良，如此反复了十几年

父亲在工地上扎钢筋，越来越
控制不住手头的扎丝
有的是个案，给他使一下绊子
有的呼朋结伴，居然欺负到他的头上
让他不停地寻找廉价的师傅来修理头顶的花白
尖锐的白，沉重的白
咳嗽的痰白
有时母亲的活会轻些，和她
手术后的体重一样轻
更多的时候，他们一起搅拌瓜子片儿
春上用自来水，酷夏便将就些汗水
秋时夜宿街头，好从彼此的身体里拧出露水

寒冬延迟了他们的收获

如此反复了十几年，他们开始争吵
他们不会写字，从来不给我寄回疲惫不堪
他们开始动机不良
隐瞒着对方想象工友在另外一个世界的模样

父亲逐渐水土不服，免费坐了次开放公园
冰冷的石凳
心肺和肝被感染得越来越硬
母亲的活也逐渐轻下去
轻得需要把自己蜷缩起来
作为一只提篮里的土鸡蛋，自卖自夸
傍晚的时候，他们都坐着七路公交车返回出租屋
七路是一只拐杖
父母亲接下来都需要拄着拐杖，前往长眠

驻　守

历经七年谋划，我翻修了老房子
依次搬出香火梯上的祖宗牌位和一些旧时光
搬出父母的床铺和他们丢失的犁耙耖

多少年前，他们逃离乡村
在石头城与石头做伴，与白菜同价
他们默不作声地放倒自己
痴迷地向上盯着
与出租屋顶部稠密的缝隙呼应着
夜空里的每一盏星星
他们慢慢地把整个天地都织成一张网
屋内，他们偶尔能够捕捉流星
屋外，每一阵风都是他们出走的叹息
网眼花花，泪眼汪汪

他们的迷信影响到了我
包袱沉重地卸却榆梁、枣桌和杏门
床底下，还有一只罐子里盛着水
当年融水的雪来自

我稚嫩的手捧和纯朴的天空
如今，我要将它搬出去
囤积了那么多年，我必须将它归还大地
如今，只是我遇见事情都会合起手掌
我要对每一样事物都饱含虔诚

在九棵枫
翻修老屋时零碎拣出的坛坛罐罐和纸片
越来越多，多了我，多了我的儿子，我们跪下
相隔两个甲子，我复制了一套五修族谱
世间的东西就越来越少了，少了我和父母
我让儿子，将我罗列的名单
一并装进木盒子或者下一轮编修

埋　　藏

腊月二十九日。父母亲又回到了九棵枫
我曾不止一次地书写他们死亡
哪怕一纸千文
洪吕洞菩萨却不肯赐予我家业兴旺
那么多榆树桩躲在寺庙的侧面
像我一样，长得千疮百孔
既成事实的空洞。
箴言说：公不易三，士不算四

佛不说话，父母不说话
百里“介于石”在百里之外
雪花飘得漫不经心。确认是
风吹散了他们的目光
左一间房，右一间房
中是中堂
前是正门，后有天窗
中堂摆放着供奉祖宗牌位的香火梯子
祖宗不说话，父母不说话

三年前，我在想象中劈了父母亲的老屋
只是记忆不被风干
归回九棵枫。他们藏匿起寡言和火焰
他们哆哆嗦嗦
他们的影子在灯光下相互搀扶着，相互取暖

我知道，父母双亡是不可避免的
我不会说，我所劈开的两口子老屋都是虚构的
我将把父母亲种植进同一个盒子
这盒子必须用劣质楠木做成
他们已经灰飞烟灭
这盒子可以一直小下去
最后小到一粒种子，在我的心头疯长

重　复

规划已然确定，无论我的生前身后
绩溪路都会是一条奔腾着疼痛的河流

三十年前，母亲带我来过
那年我七岁，妹妹是一只次我两岁的小天鹅
我爱着妹妹，妹妹爱着蹦着跳着天鹅舞
那年家里穷
只有一盏孤单的煤油灯
母亲点着灯
我点着了妹妹
然后我们进入绩溪路，进入河流疼痛的内核

在河流以外，天地混沌一片
燃烧着的妹妹是一只照亮我前行的火把
燃烧着的喊叫
侵占着我的耳朵，至今未曾撤退

父母双亲紧紧地抓住一支野芦苇
为了上岸

这些年，他们讨好风雨雷电
他们讨好世间万物
这些年，他们时常来到绩溪路上左顾右盼
企图认领正在逐渐走失的亲邻

我也逐渐成年，野芦苇逐渐腐烂
先是母亲逐渐体力不支
后是父亲逐渐默默不语
绩溪路就是一条将要淹没父母双亲的河流

放　下

万物缄默。我将又一次去跪拜九华山
每一个祈祷都是在向苍穹交回罪恶

与以往不同
乌鸦还在盘旋，还在叨念着我的肉体和灵魂
但我决定不再诅咒它
遇见乌鸦也是尘缘
这是新年里
《大悲咒》赐予我的第一份禅悟
素食。青苔长满了石阶
佛祖之下，大九华也有寂落和喧嚣

我是凡生之一，接济不了偏隅的菩萨
我尽可能地单边抛却缆车
而你痛苦地抛却红尘
经过听音泉洗涤
我已经与自己的影子分道扬镳

必须攀附大天台，前方依旧雾气蒙蒙

那是仙人桥，非人间
九道轮回过后的苍生，只有一个遂了我愿
自下而上，手捧物美价廉的总香
虔诚之外，陌生人在跟俗家弟子讨价还价

十王峰在我的对面
仰慕过后，放下行囊
我在归回
佛说，穿行三界不用经过别人的铜陵
我说，我将选择自己的一颗门牙镌刻成墓碑
另外一颗空白书是我人生的另一面
寄存在檀风禅寺

愿　望

倚马千言，阅读日夜兼程的孔城河
不过作了菜子湖的一根食指
木版年画里麒麟送子
有些事已成定数
我从祖母双手祈祷的掌缝里坠落
我的破涕之声惊动了九棵枫

宋朝流失的时光空蒙淡远。荻埠归帆
在一处等候的镜中启拓封疆
剥离愤懑愁苦
三十年过后，穿越平缓或陡峭的先锋岗
遇见祖坟，它们不停地叠加
冬至，肆意的古埙里暗藏着一个哑谜
风厥之中我扑灭一场凶猛的山火

喟叹的箫声自张泊水库的后梢婉转而过
许下三千愿望
我丢失了寂寞的荻花和清纯的童年

记忆的碎片轮回，在无法破解的幻象中
已经放下
诵经，还原尘世斑驳
煤油灯盏点着虚伪的光影和心跳
光庄窑场残垣断瓦，如期熄灭诗歌的温度
我将如期熄灭母亲丝丝游离的光芒

缺　陷

命名一片泥滩或者低洼为菜子湖湿地
我带着自己的影子
非常规地闯入安庆的左手掌
长河是五条支流以外的多生指
枞阳大闸阻止了鳊鲫鱼名贵的洄游
不倦抒情的蛙声早已消逝

秋天里，黑腹滨鹬和鸿雁又一次来临
它们停下，与我低声交流
那些浮游生物还在因为缺失三分之一的家园
前赴后继地撞死在围垦的护坡上
我的童年也在九枫渡口不停地挣扎
一头老水牛沿着时光纤路
默默定格在那张大幅度残缺的黑白照片里

曾经水域与共，如今旱涸相依
河床一次次抬高
浅薄地掩没宋朝遗存的商埠
古航道深刻地凿进老船工的额头

清晰的纹理是这块掌心渐渐突兀的生命线
男左女右，关于夭折的预言遥遥领先

除去影子，我还带着地图
找到丘岗和松山，找到车富岭和小麦嘴圩
而后折叠一艘渔船
最后一次在嬉子湖面上打捞故乡

唇　语

与秋天唇语，今冬的雪会在九棵枫继续失踪
高过村庄的瓦檐
高过几根冷清倾斜在房顶的炊烟

我必须回到老屋，把母亲将来的家搬到门口
用斧头劈开她自我安顿的归宿
居然没有了一块稻谷场
我又将在何处归还一幢芦苇和纸扎起的期盼

上一次，母亲术后醒来
我分明看见她的眼里噙着疼痛
尽管天色昏黄
这疼痛依然准确地折射到宝贝牛的面部
五月份，他提前预支雪白
我，只是儿子与母亲之间的摆渡

月色之下，孔城河收拢不住一条狭长的亮
经过母亲挑土加固的双堤
是她与岁月狡辩的唇

不肯向命运归还剩余的日子
那丝亮，是舌头
忽而风卷残云，忽而宛然低泣

我已经在去往先锋岗的路旁种下一片桃林
还一直准备把老屋翻修一下子
儿子在练习书法
他要为奶奶的墓碑书写姓氏

隐　　忍

阅读寒鸦之前，真的不知道它能完全白化
我只好不停地喝水
咽下咳嗽药片和喉结里一些尖锐的言辞
不想揭穿那与生俱在的贪鸷
始自《禽经》

还原麒麟图腾，白衣庵放逐青灯苦寂
三楼之上，百米之外
便是红尘纷扰
相忘江湖的是兄弟，相濡以沫的是江湖
饶人之处，鸟尽弓藏
一根点着的香烟
一个人的步履如同岁月蹒跚
让时光作了　条安之若素的河流

与叩拜九华山的方向保持一致
凭借向往菩提的心，放过所有的物是人非
榫卯结构
这是一般寺庙和我朴素的本质

必须告诫乌鸦，我木质的朴素最怕火

随缘即应。三十六圈年轮敲击的木鱼声
穿过虚掩的门
庇佑我深刻的疼痛，催人入眠

熄　灭

夜幕适时降临
它与三面墙壁合围着铁匠铺子
那么多铁器陪我沉默
作了我裂开的头颅，折断的肋骨
我在冬至日被人包了饺子

熄灭了疼痛，我已经死亡
铁匠铺子里满屋焦煳的空气就是我的肉体
月色是我的裹尸布
也是一把剔骨刀，深入我的每一寸梦魇

我的毛发挂在墙上，我的思想埋葬煤堆
它们共有一间黑屋子

首先是一架落地电扇过来亲近我
但它又那么地左右为难，风吹一阵风歇一阵
与一些习惯相悖便是不习惯
下午，老铁匠师徒俩人都去了殡仪馆
他们约定明早烟消云散，不再回炉

许多熟悉的事物，原本是不需要打造的
大地上随处可见，比如棺椁
我被又一阵风吹拂，缓了过来
四周黑暗无边，我却有了洞穿人世的双眼
比如，我能看见他们午后喝水的杯子
现在已是人走茶凉

绝　秋

绝秋日的凌晨
我在继续那个中篇：让一部分人声色犬马
另一部分自我陶醉
窗外的秋天，依然下着雨
它以洪荒一般的苍凉结束苍茫

经过一所学校去往下一所学校
因为一张纸，必须路过你的储蓄所
而不曾后悔错过我的大学

上午，我往乡下打了一个电话
婶娘说，一夜之间
万亩圩里的稻穗成片成片地倒下了
张二狗的爷爷上吊了
女人们在雨中抢收
男人们送葬的队伍又一次经过九棵枫

我要将秋天监控起来
墙脚边上，一簇野菊花正在小心翼翼地糜烂

忽然牵挂起南京
记得舅舅睡在兴卫村，他要守护也在睡着的外公
他们曾经十分讲究立冬之前吃葱
终了，来去匆匆
为了去看他们，我的父母在迈皋桥匆匆来去
绝秋夜，予我一记耳光
父母居无定所，故乡从此漂泊

谎　言

从现在开始，母亲的时光在药罐子里头煎熬
从现在开始，孔城河居住进她的身体
我对她解释
这不过是结石
而结石不过是腌菜坛口的石头
多了几块，多了点挡手碍事
至于我，必须马不停蹄地搬运一台抽水机
安放在母亲河流最为湍急的片段

从现在开始，我每天都必须拯救一次母亲
我又把母亲
安然无恙的那一点点邮寄给在南京的父亲

我知道：父亲的出租屋里摆放着一口缸
他把十万份老婆子放进去
他把五十二度的洋河大曲和六十二岁的胃酸
倒进去，我母亲的
每一部分都被父亲腌制成雨花石
在夫子庙市场廉价贩卖

夏天经过先锋岗，阳光铺陈得那么急
祖父母睡在山上
乌鸦在天空不知疲倦地盘旋
我把祖传的牛角号砸开
我要预防这些日子里深藏不露的呜咽扩散开来

我的母亲也说这不过是结石
她站在煎药罐子的背面，药罐子不停地咳嗽

旁　观

路过黄昏之下的大排档
一群民工兄弟在豪饮雪花啤酒

给了我同样的侧面
一捧吆喝，一捧夜色
一部分鹅黄待饮，一部分淡蓝尘封
可是所有的泡沫
都呈现那么相似的棉白

我的脚步轻盈，慢慢升到路灯之上
我在俯瞰人间

我的灵魂在慢慢降
它是一只蚊子
潜伏在煤球的十二孔之间
要做就做一个彻头彻尾的听众
干脆扶他们返回工棚

他们念旧，搬来老家的闷热
翻来覆去或者默念
他们潜意识地辨认我昨天是否来过
然后，沉沉地睡去

迷　失

我的灵魂走出了我的身体
我的影子还在

铸　剑

腊月。轻烟之惑。我们铸剑
用黑布覆盖他经水的苍白面庞
用棉纱捆绑他的力度和锋芒
与人佩戴，一阵踉跄

鞭炮是天堂传来的掌声
每一抔黄土都是亲人们心头的痛楚

“黑暗还在前进，它不懂黎明”
他是一本噩梦之书
诠释剑客骑着命中的马回家
一路纸钱铺垫得很缥缈

他渴了，在大地上找不到水源
比我们更早地进入隐秘的寺院
喝酒。打造那七块被剔净的骨头
命名为悲慌或者七星剑

切　记

切记，做一个孤寡的人
闭关自守
尘世和日月的守候
许多人跟着等候或者仅仅是好奇
词语才挤到嗓部
呼唤赶着我的肉体回家

或　　者

或者是一个模样
或者拒绝一种方式
秋天的色彩
镌刻在一枚落叶上
只有村庄发现的秘密
与我形影相随
或者阅读一本诗集
进化岁月里
我历经风吹雨打的思想

表　达

必然住进一幅照片里
我什么都没有了
我的邻居可能是
麻雀、松柏和棱角分明的石子

这样我必然鄙视时间
必然亲近佛祖
我在乎我所在乎的事物
我的观点也棱角分明

寻　找

行走。遗失
一个人离开某个地方
总会有一些留恋

但你千万不要回来
我的伤心是常常面对你
你的错误是十分美丽

宁静的夜
月光如水梦如水
梦见

——你是水吗
我在行走
我在不停地离开
一些地方

也留恋一些地方
一边行走一边遗失

飞　翔

最低层次的飞翔
与翅膀相关
与花和绿叶
擦肩而过

最能吸引视线的
是风筝或真实的鸟
在一种高度
看着尘世

它们都用一根线
提携“人”的思想
人，能干所有的事
那么
所有的事物
都可以飞翔

回　味

并不是只叩求风霜高洁
也曾刨根烂叶
把胸中无尽的牵挂
拉成又一季的思念

希望却在另类生活里
长成美丽的残缺

花开花落过
行将枯竭的生命
支撑不了千年以后的梦想
一头栽进孤风凄雨里

日子便一节一节地
展示着空洞的内涵
才发现打骨子都熬成了
白发苍颜

恍惚间遥远了缠绵往事
回味清白人间

沉　默

让我送你什么呢？安娜卡列尼娜
和克劳斯，今夜不停地煽动我
他们把我逼进山洞
让我的愿望沉默一万年

我试着想你，试着用自己的电话
一天一次地问候你
依旧。克劳斯的痕迹
在雪地里一步一脚印
左脚沉重
右脚虔诚

依旧。安娜卡列尼娜
我的安娜，我的白白多么真实
雪曾一度扼制我的灵魂
比拟我的面庞
北方的风缓缓地吹
我和你坐在一辆汽车上

街上。已经喧嚣
上午九点是一个美好的时刻
我决定记忆旅行

然后邂逅红色，书的封面和我
见过的一次冰雕的文身吻合
还有故事中的主人公
一个是真实的比利时诗人
一个是虚构的

在我的称呼里，她是女神
让我想起这些，如果生活面临选择
我一定认真对待，直到生命的最后
请用红色的土质埋我
我是沉默的红土

春　天

由一粒新芽顿生的感叹
在夜里被书写下来
与相片里的自己
对视很久，才知道
睫毛是栽在眸子旁的一株柳树

能够成为春天一部分的事物
必然如同犁铧翻阅的土地
陈旧得那么新鲜
又是一圈年轮
而我只是儿子和老父亲之间的过渡
已被那一株柳树记载

迁　居

镜头一再拉长。村庄是一片竹林
不停地拔节
乡亲们向北边平移了起居
往南，老房子越发返古
倘若忆苦思甜，需要乘木船渡过一条河流
早起一点
能够看见同行之人
他们上岸后，一一打开各自的店铺
游客们分期付款
看见老篾匠、剃头挑子和供销代理点
倘若晚睡一刻
也许能够看见星星
看到它们一再点缀驻村人的日记

世　界

我转过身去
留下一只眼睛看着背后
我领着自己的影子
向前小心地走每一步
在光亮面前人模人样
努力为着妻和子的世界
有感动的词语以及表情

那么本质。一个概念
那么纯粹地逼近我
过去做出的一些承诺
被我的本质带来
它多么疲惫
我多么憔悴
它和我有时相同

与自己吵架已经七次了
然后喝酒
让世界摇摆起来
我镇定地举起右手，说
珍惜现在和未来

选　择

选择燕子衔着潮湿时低翔
燕子衔来了春天和她的雏儿

选择大雁拒绝寒冷时南去
大雁载着温暖或者温情

选择山花无力时凋零
山花飘散了清香与浪漫

选择老牛咀嚼苦涩时落泪
老牛是父亲的希冀

选择月亮落山时憔悴
月亮今夜多像中秋的杯盏

选择爱情无望时沉睡
梦见洁白的衣裙洁白的面容

临　行

陈年的酒。为我饯行
我已不胜酒力，却贪杯这时的
老口子和女儿红
为什么每一坛酒都有一个好听的名字
为什么每一次品尝都叫我寸肠欲断
难以下饮，难以上涌
是陶醉还是醺醺大醉
是享受还是默默承受
为什么总是这样相像而意义迥然
为什么总是这样的平常小事。倏忽
刻骨铭心，左右一生

我曾感激年轻。我用年轻的力度
扯下每一坛烈酒的封口
断想每一阵走向黄昏的钟声
我又要憎恨年轻。或许因为年少
不懂得爱需要呵护和殷勤
我用尽年轻的力度，却不能
掀起一方相思的红盖头

四面漆黑。我将在这样的夜里启程
背负沉沉的行囊和心思
踏入漫漫长夜，茫茫路途
诧异。故乡拉亮一盏灯
照耀我的无眠
蒸发我嘴角的醇香以及积蓄
数十年的地窖精气
还有我的青春年华
我已白发苍苍，我依然背井离乡

雪　旅

这又是哪个冰川时的西部冰雪

斷守青藏高原千千万万的黄昏
不忍拒绝人类最近的热情
融了冰心
披了哈达
顺着雪山飞狐五百年前的踪迹
虔诚地梦想
寻觅久负盛名的江南水乡

高歌激进只是最初表情
见到断崖以及僰人悬棺
巍巍青山几被磨砺成寒剑
在这样的春天
我看见了
它正穿透一座城市的胸膛

如今三峡汪洋　三峡的水呀
浪花推搡着浪花

惊涛拍岸
仿佛时间的流逝可以锈蚀
刘家遗弃在白帝城下的锋芒
沙滩的沙　或许是古蜀道上
碾碎的剽悍

当年赤壁的硝烟　至今仍
弥漫着两岸愈来愈密的渔家
华灯初上
谁人在黄鹤楼上轻移罗纱
满面的胭红　何时肯
又何时能
凭照汉水卸妆

拉号远航无疑是最好的选择
况且浮标
不再以塔的高度媲美河床
迎江寺的钟声还来不及回响
黎明为纤　塔影横江的日子
关于“锚船”的往事便
在漂漂浮浮的杂物间淡去

雪水流啊
泪水流啊
请听我嘴角欲言又止的叩问

这该是哪个冰川时的西部冰雪

历数上下五千年的文明
只缘于盘古开天辟地　恍惚中
走失的清纯在咸涩的海口荡漾
伴东方明珠
或见证上海外滩繁华的夜
或嘲讽　人类
始于水亦止于水的尴尬

烟　花

闪电千变万化，它是绽放的烟花
它的每一束闪亮都是一堆逃亡的树叶
闪电的色彩被春天里
仍旧偷偷开放的梅花渲染

庚子年正月，我的父亲鼾声如雷
有些闪电那么急切
有些烟火如同不期而至的雪片
如同睡梦中父亲的面庞

第三辑 故乡名叫九棵枫

面对孔城河，月光做了村子里所有事物的坎肩

九枫渡口，时光不停地渡过

素描九棵枫

我的素描生活，习惯于炭笔排线和表达
故乡九棵枫的丘陵地貌
从来就是父亲面颊上的沟壑
历经岁月的犁铧翻种，质感沧桑
一管旱烟点着沉重的梦想
在深处若明若暗

村落腹地，刘家祠堂是一幅黑白照片
我亲眼所见，一整套线装十六本的族谱
我参与其中，繁衍生息
横握画笔，侧锋的力度刺穿时空
我泛白的念想陪同先人们在彭城郡把酒言欢
有的累了
在大地的纸张上打出一排均匀的斜线条
有的醉了
四处打听到底是九棵枫还是两棵枫

秋风终究是雕刻好手
入夜在窗棂上凝成霜花和诺言
灯光下的身影，是我恒久的写生姿态

故乡名叫九棵枫

我的村庄，我的故乡名叫九棵枫
一座亲切的容器
收留了我所有的旧模样
在九棵枫丢失的弹弓和童年
多么耐磨和散乱的脚步，在风
与云影之间逃散

张泊水库旁的踩水车，凭水洗涤
轮回的岁月
我的亲人们，一个一个地住进先锋岗
剩下老瓦屋，剩下
依然存在的一两声咳嗽
让我无论遥望还是倾听
故乡就是父母双亲，就是村口
相依翘盼的两棵枫树

刘叽头在村庄的最南面，排塘里
水鸭成群，夕阳之下
它们是村子明眸里的点点泪花

还有一条河流，更是苦难日子
抽过来的一记长鞭
在独自荒芜中，缓缓接近自己
我用骨骼做成木筏
泅渡灵魂和纯朴的故乡

月光下的九棵枫

我心在无尽的夜色中，归回九棵枫
那山口有俗世的风，经年吹过
残存的两棵枫树
背负起九棵枫全部的传说
它们是我和伯父各自把持的竖笛
面对孔城河，月光
做了村子里所有事物的坎肩
九枫渡口，时光不停地渡过

那盏松油点亮的灯火，与月相映
一起失落在枫下的池塘里
醮着烟灰的水
我仰首饮下，村庄的梦想非常简陋
突然间，我不再惧怕
那些存棺和飘忽的点点火光
生命之外，一朵野菊心无旁骛地绽开
那一支静默多年的画笔
那幅红绸
从此憩在枫树枝头
从此憩在我少不更事的门扉

九棵枫是一枚纽扣

引江济淮是一件长裳，九棵枫是一枚纽扣
小引九枫水到渠成，大引江淮风月与共

属于我的九棵枫，属于我的芦苇里
藏着翠鸟和它的眼睛
沙滩上卧着一个懵懂少年，石子遍地
他们合在一起
既听得见水鸟声，也听得见心跳
他们是提前倒影在大地之上的星星和月亮
他们还看见工程车在夕阳下穿梭

少年睡着了，枕着汩汩水声
梦见新修的河堤是宽阔的水泥大道
梦见九棵枫树一字排开，与夕阳一起绯红

把九棵枫想象成防城港金滩

在防城港金滩，大大小小的螃蟹横行无忌
我用一根棍子挑逗沙虫
却怎么也比不了京族的姑娘们
或者模仿“追捕沙马”，或者远眺海船
至今的快乐是豪饮三鲜粥
偷偷地练习独弦琴，找到一个人来对花屐

距离故乡两千里的风情再次让人浮想
秋天里，九棵枫树下遍地金黄
我真的可以把九棵枫想象成防城港金滩
枫叶就是金色的铜鼓，枫叶就是华丽的壮锦
九棵枫的每一片枫叶都笑容可掬
祖国的每一处都是金黄色的九棵枫

雨棚之外

我们父子俩都是尘世的雨，而城市
常常让雨水无家可归
我倒头就睡，那两道闪电丢失在人间
我转过身去
留下一只眼睛窥探雨棚之外的世界

你是我卸在灯光下的影子
怎么也不能被雨水洗白，许多事物逃避现实
这是屠格涅夫的眼睛，看着我
而我向前小心地走每一步

与自己吵架，路过每一丝光亮保持人模人样
那么本质。一个概念很纯粹地逼近
旧时光依然是漩涡
确认此刻，地表的流水已经不是刚才的雨水

渐近住处，内涝是不被保险的
我的一盆小叶紫檀还在一楼窗台上
我的《猎人日记》被见多识广的风雨翻阅
突兀占领了你镇定的世界
与我有时相反，更多时表里如一

与青铜匹配的笑靥

我是自己的密语者
慰藉潜在心涧或是顺着汤沟流淌的泪水
暖冬里，自私地让梅花骨朵点着炮仗
在生活的字里行间素描九棵枫
随手捧起的黄沙，都是一部厚重的历史
与青铜匹配的笑靥开放在周潭大山
风是大地呼吸的声音
分水岭之外定然蕴藏着崭新的春天
站在四楼，望着静静的白衣庵
“故乡”这个称谓
所有琥珀般的陈词和袅袅轻烟
让我如此负重，如此缓慢地转身铜陵

从一头牛的角度看去

从一头牛的角度看去
我的父亲总走在犁的后面
父亲和犁都干了一整天的活
从不叫一声累

的确
父亲和犁有几点相同的地方
和犁一样吱吱呀呀地表达
和犁一样的骨架
每当鞭影掠过牛的眼角
牛便会感觉我的父亲有病

牛将周围一圈一圈新翻的泥土
比喻成父亲额头越来越多的皱纹
以及他腰间越来越密的年轮

那么牛就不想再走了
它低头默默地咀嚼
也假借回头赶苍蝇的时间
瞟一眼我的父亲怎么进入土地

长向人间的一棵草

在南京城郊接合部，他是 6B 区第 12 排 27 列
来到兴卫村，那么些排列着的铁塔
也被我一一编号
我需要借助高高耸立的它们
辨别方向。事件的真实性和串联的供词
跟踪我的影子
尘世喧嚣，在五根高压线里流淌
被他一一收录

曾经那么相像，那么默契
如此，我们被地表对称着
也是乡下，密集的哭声居住进鸟巢里
我为你一年一度

当我起身时，花岗岩里伸出一棵草
只一瞬间便被焰火吞噬
又是什么都没有了
我狠狠地揪一把头发，丢了出去

它们上升，串联起一排铁塔
一二三四五根
所有的声音尾随我回到了案卷里
土地逐渐坚硬，你和我逐渐生疏

父亲一年比一年矮下去

平常没人居住的老屋，窗户支离破碎
它们是我的旧识，对所有的往事知根知底
我无法潜藏到时光深处
儿子在向一口破铁锅里不停地添加纸钱
他撇开我
与先祖们的亲情骤然升温
一块从屋檐掉落的冰凌叫醒我

这次归回出生地
我又在推敲对老屋的翻修计划
只不过十年，已经有几棵樟树高过了屋脊
父亲却一年比一年矮下去
儿子开始学我的模样在这屋前屋后踱来踱去

曾经比喻过旧厨房的烟囱
它终在父亲的心理阴影中轰然倒塌
一簇簇蕨草新鲜地骑在墙头
代表着老屋与我无休无止地纠缠

那么白，不是灵芝

那么白，让我如此陌生地审视
一步一阵腐枝烂叶的吱声
还是惊动了不谙世事的童年
还有一根电线杆
它是父亲念叨的左青龙右白虎之右
在我到来之前，与风雪一起合谋着出走

冬至到了，年关来了
小妹约定腊月二十八送他们回九棵枫
我必然提前回到老屋，除尘扫地
然后矜持地回忆一场火
某个同样的位置
我和小妹在老屋种植悲怆
她在火中，我在斑驳的墙里墙外

屋后，那摊长在枯木之上的白不是灵芝
我们逐渐成年
它们那么白，钤印小妹腿上

我是火马

火是我身体内走失的一匹马
慢慢地靠近村庄
这是午夜
我的火或者我的马
被几条苏醒的汉子驱赶
它的惊诧就是速度

火跃上屋顶，在房子上奔腾
有两个人也在屋顶上
他们一片片地揭瓦
他们中一个是我，另一个是我的影子
那火样的马不啃我
却在吞噬我脚底的椽子

一种声音
伴随我整个的坠落过程
我和我的火或者马
被另外的几条汉子驱赶
火场之外，归为生命的零度

尘埃与佛

十二月。我的宿命和天空
看见尘埃，这轻若雨雾的迷茫
被佛一粒一粒地叠加
成为一个人，并且突出他千变万化的脸
像我又像渺小
像渺小又像我
风是大地呼吸的声音
风中的尘埃在重复大片大片的灰色

亲近是多么遥远的一个词
我鄙视时间：
一年总是短暂的，一天总是漫长的
关于形态，我的猜测十分准确
佛，你很简单
佛，你很沉重
佛，我就是你
却是你踩在地上的影子

“那个女孩喜欢看缭绕着灵魂上升的烟火”

我该怎样斟酌心情
向春天摆渡，用一支桨拍击水面
这节奏让我进入那个露宿迎江寺的夜晚
也有一个女孩，她喜欢
看我胸前的一块佛像
然后说，在一起我们很远

布施生命
三十二相即是非相
我心中的一抔尘土
埋葬我的丑恶

我行走过的脚印，我会在一天里给擦拭的
(有问：留恋吗?)
那么你告诉我，感激是一个词还是一种动作
我依然感激尘埃从始至终地拥抱我
最后领我飞翔，去天堂或者地狱

早点摊写生

这几个清洁工每天穿戴相同
每天早点加小酒
小酒叫醋，能让人一醉方休的
不一定是烈酒
他们高谈阔论，常常争得面红耳赤

他们都是知者
应当是只有黎明的时候
最容易听见鸟鸣和人心叵测
他们一直
在不停地扩散上天的隐秘

之前，他们清运了那么些垃圾
应当是那么些的废物
经过黎明前的黑和反思
面对笤帚和簸箕的时候
嘶哑地发声

他们麻木不仁地清扫垃圾
他们还习惯在早点摊边喋喋不休

我和儿子的九棵枫

这些年我回去少了，关于九棵枫泣血的传说
让我的祖辈们一回回孱弱地带走
每一次送别，都是尘封和减少
每一次吹打着从树下过，我都经历不同的失落
反思而立之年，我对九棵枫唯一贡献便是添枝加叶
那年故乡，依然回馈我一条返家的水泥路
给予我血脉顺延，教会我孝道相传

但我和儿子，我们有两个不同的九棵枫
每年清明冬至，我们共同抵达故乡
村子里上塘的水流下，进了门口塘
儿子学我虔诚，跪拜先锋岗的每一个称谓
自造的一场山火被三个人扑灭，自生一场虚惊
儿子对九棵枫的概念，我有十年重复
他将从南京归向九棵枫，我将从故乡归回故土

只有一棵枫树还剩下绿色

只有一棵枫树还剩下绿色
和将来可能的秋红
我的惊诧在抵达的一瞬间发生
图腾依旧，九枫存遗
那株褪色的图案倒映在山塘之中
我的叹息轻微
却吹得波涛汹涌
挂在枫树上的红幔是一个个信徒
许愿毕生的虔诚，他们丢失了前世今生
相信三十年后，九棵枫还是一种牵挂
孜孜不倦地喂养我的心灵

相信三十年后
我的漂泊和白发与这些往事交织成网
于佛面前，我从山塘之中
从容淡定地打捞先祖们落叶归根的心愿

我是南北朝遗落的寓言

我是南北朝遗落的寓言
这凭枝叶敲打的心空，这浊水拍击的梦
在一个人寂寞的脸上终将远去多少马蹄声
我手执枪戈在自己的阴影里翻身上马
追逐一腔幽怨的词
在彩陶一样的盆地里
一个熟悉的地方被江风吹动着
我的叹息是最为具体的忧伤
在残雪或者桃花的回忆中呈现潸然
让闪电劈开我珍藏的梦想
让一场雨剥夺虚无的漫长时光
和碎裂的瓷片一起进入蒲州的乱草之中

马灯：全部的幻想

被我曾经拨乱的头发以及整个草丛
今夜藏着一块巨大的伤疤
至今隐隐作痛
里面可能居住的蚯蚓在窃窃私语
历史只一刻钟背弃，铺叙吕蒙
我借下三国时的月色
作为自己驻留此地的朦胧背景
这个中国地图无以标识的马灯
越发追逐残余岁月
让故乡的九棵枫树一起可怜我
见证我一点点地成为自己灵魂的化石

抵达新疆

那个站在察尔塬上的人
多么像我，像一棵离风雨更近些的草
他没有带来一盏油灯
他任由马儿背负深沉的目光
看着草原上的夕阳和羊群归去
他的行走多么孤独
是一次内心部落的迁徙
向东或向西。东边有黎明问候
西边有衔着他骨头的鹰
他不需要一匹马
他的奔跑可以是思想的速度
也可以是遍地的草在点燃生命
抵达新疆这片土地，他没有带一盏油灯

中秋的酒

杯盏盛着相思
母亲把厨房到厅堂的路
走成十三分钟遥远
一扇敞着的门好比一种怀抱
等待儿子扑进来
想象。热泪盈眶
中秋的酒和苍老的手一起晃了晃

桂树的年轮
桂花的香四处打探一个人的归期
岁月不是镰刀
异乡也不是巢呀
老人的思想搅拌着一杯酒
潮湿发生在秋季

唉，这水样的蠕动
可否载起漂泊
儿子，儿子

儿子敲锣打鼓地回家了
母亲饮下这杯酒
美丽的梦挂在天边
——天边的月儿圆圆的

望见雨和一滴雨水

雨是一个动词
她的降落一路晶莹
我望见
你在观看一滴雨
只看一滴雨儿
看清楚了，她就亲你的面颊

只一滴不是一串
她是一个绵延的过程

后来你将看不见
停止
正如梦里
自己的远或飞翔
不是一滴雨水所折射的
我的现实

我掉进了故乡

铺开地图。指哪指哪
墨水断了
祁连山的雪拒绝墨水的融合
山城重庆有多少人在台阶上
断墨的笔尖划过
痕迹
在这张地图上
什么地方都遥远
神农架、西双版纳、南海以及北京
我的抵达
是目光是听说是想象
安庆只有一点那么大
我待的时间长了，每次
钢笔出发前的停顿和思索
成就一个窟窿
我便掉进了故乡

我看见灯光下奔腾的河流

我看见灯光下奔腾的河流
倾泻一帘的梦
顺着山势俯冲
浪花和我寻觅的泪打在脚背
行程中
母亲自高而下砸来的目光多么沉重
把思念撕成碎片
随风飘散
把忧伤叠成一叶扁舟
出没在我纸上奔腾的河流里

乡村冬天

四处都没有了颜色
一树树枝丫撑着阴暗的天幕
一缕缕炊烟从没有装修的房子里
十分犹豫地探出头来
一些不怕死的麻雀还在叽叽喳喳

好多鸟巢开始背叛它的主子
那么张扬地曝在枝丫

我从三楼的窗子里看出去
底下的公路上有台没有预约的拖拉机
慢慢地从远方爬过来
声音也慢慢地爬过来

我伸手揪住自己的头发
感觉被人提走了思想或者头颅
亲近一场鹅毛般的大雪
证实自己对这个地方还一无所知

清晨被一束七月的阳光点亮

临近。一个叫作梅花的地方
泄露婚嫁和繁衍
清晨被一束七月的阳光点亮
树叶
书本
灰尘
或者多么清脆的歌唱
有个男孩牵着一头牛去饮水
我忽然感到饥渴

担挑稻谷的筐子
从前年用到去年
从去年用到现在
和我的思绪一样残缺
承载着
并且丢失着一滴一滴的汗水

一场雨
我需要一场雨

父亲说现在的禾苗需要一场雨
这些天没有雨水
他们一起玩牌
她们一起纳鞋底
我的女儿在
逐渐
长大

听说电视机在削价
听说夏季奥运会和清华园
馒头有人用自行车兜着
一路叫卖

一万亩圩田有多大
有一万亩那么大
我的水面我的稻穗
我用沉默的诗行
叙述江南的乡村
一阵蝉鸣
一抹斜阳
一杆芝麻
一个跛腿的叔爷做着篾匠活
编织席子和故事

这里空旷
下雨了
几盏油灯必须在屋子里

躲避风和雨
赤膊的男人
是每一个季节里的梅花
在田间地头
次第开放

那么枫叶
红了
黄了
坠落了
一只花狗跟随小主人
从东到西地窜
我的一封信将要写起爱情
从春天开始
到属于梅花的季节尘封
也许这村庄
已然接纳了我的居住

城里人的眼光是温暖的

在石头城与石头做伴
与贫穷和夜市做伴的父亲母亲
像菜场的烂叶片子
每天得花三十元钱管理费
从城里人那儿买回挑剔的眼光

“城里人的眼光是温暖的”
如果通过城里人的眼光
把我的父亲母亲看成芹菜
那么八毛钱一斤就等于
一对进城农民夫妇的分量
假若看成萝卜，就值一块钱

但我的父母亲更希望
城里人把自己看成木瓜
那样就有两块四的价格
那样他们的儿子就可以邮寄
三次思念了

有时，想着碰着一些不顺心的事
父亲母亲也会流泪
他们不停地营造另一个家园
让陌生的城市窥见善良
让儿子学会勤劳勇敢

虚构的秋天

俯冲。那只受伤的鹰
一次次从这个无形的秋天飞过
它真的累了，跌落到我苍白的纸上
让我的忧愁竟然如此鲜明
还有许多稻谷在垄上
像母亲一样的母亲在背负着
就像是替她们的孩子
背上书包或者一方墙角的砖块
景象如此沉重地压在肩头
毫无选择地压弯我脆弱的视线

为什么总要书写秋天里的收获呢
我坐在二楼之上
下面一层是母亲骨质的期盼
秋风从南京吹过来
竟然不掺杂一丝的微凉
鹰始终一动不动地躺在纸上
它真的累了。假借这纸张作为归向
可我也要假借这张纸

在它的上面写就秋天的丰硕
写好了
那便是一条非常具体的围巾
——献给母亲

决定与鹰冲突。在这个秋天
我绝对不会产生一些悲悯
我还需要和鹰谈谈心
除了让出纸张以外
能否将它的羽毛进一步地奉献出来
赐予我温暖和一种精致的柔
当然，我会记住鹰的
是它让我
在这虚构的秋天里越来越有高度

那些往事

四月。你把自己的身体变成宽阔
朝大地叩首，在风雨交加中上路

词的重量砸在你的后背
词的宽阔迅速地铺张或者铺展开来
你的肩开始承载一些呼唤

左边是一束光芒。一束只被你
一个人看见的光芒，你必须伸手握住
宽阔的词迅速地携你飞翔

那些往事，一点一点地收拢
它们急于追逐，和你一起进入那匣子
所以你的匣子形而上地宽阔着

最初是渐渐来临的黄昏
陪伴你的风你的雨
一片宽阔的树叶在飘落
过程的唯美或有缺憾都不重要了
关键词是那么宽阔

住进照片

为了看你，我必须寻找一幅照片
你可能有许多照片，但最后
代表你的只有一幅
平常的你，我必须记忆一幅照片
照。片。等于
你的身高、模样、衣着、微笑以及声音

从此住进照片，发放给每一块你熟悉的土地
从此住进照片，发放给每一个熟悉你的人
从此住进照片，你透过照片看自己的妻和子

我的写作似乎停滞了两个月
今夜你在我的面前走过来又走过去
你和我　起打牌、喝茶
但你不抽烟、不吃炖鸭

你忽又成了一幅照片
正面是你的英俊、潇洒
背面是你的姓名、性别、年龄、籍贯

你忽又成了你。对我说
平凡的世界，平常的日子
我真的喜欢有点轻风细雨

是你在说话吗？是你在照片里说话吗
是你在遥远的地方说话吗
我便写出三个字：纪念你
我知道虚和实。你却知道实和虚

感叹、感慨和感觉是我们共同的
时间是一阵风，未来也是一阵风
你更是一阵风。匆匆地住进照片里
你化作一阵风，吹拂过
我的肤体和心灵后，匆匆地住进了照片

在这方土地上种庄稼

过程是词不达意。然后
你一个人披星戴月锄一块荒草地
自下而上地垒起石阶，抵达只有一个人的
国度，只做自己的发现者
我和我的村庄多么幸运
来不及了，言辞和三番五次的
感喟是一千条鱼
是用一千锄窝眼种植下的一千条鱼
我和我的村庄不能等待这般收获
再次
意欲言表。认识是一把锄头
我被乡亲们挽留
在这方土地上种庄稼，也种星星之火

梅花开放

我只看见一朵梅花在开放
这样，请允许我的重复和急切
在冻的土地内部听见一种声音
是渴望，像麦苗在拔节
是诉说，像冬眠者依稀的呓语

像我，开始重复一个词
重复的色彩，是这个词的色彩
但绝不是在拟化生命
梅花的“梅”字是季节和骨质
梅花的“花”字是芬芳和容颜

这朵梅花呀，被我看见开放的花儿
也开放了我梅花一样的灵魂
那么地真切

山上的蟋蟀，满天的星星

是十五的月亮吗？是谁的晶莹雕刻着
母亲把思念盛在中秋的餐盘里
吃吧，娘，这是儿金子般的心金子般的梦
看吧，娘，这是儿有棱有角的面庞
有棱有角的营房
山上的蟋蟀很多，我叮嘱那歌声最嘹亮的
在你噼里啪啦的柴火里唱给你听
我的平安我的向往
山上的秋草伏成一片，其实是很美的
你闭上眼睛好吗？我向你鞠躬
我捧给你一枚野柿子
我抬起头，看你的白发看你的慈祥
你抬起头，看见了月亮
看见了满天的星星

落叶和情愁

秋风无情
残阳下的枫林以及其他落叶树木
绯红了一片心空也憔悴了一副面容
无可奈何地飘落
飘落在梦开始的地方
痛哭一场

一个轮回，一次失落
这过程中有多少阳光点缀的日子
最终承受的却是伤害
摆脱不了一场风呜咽的纠缠
绝望地面对残生
最大的期盼无非是来年三月的萌芽

信手一片
仿佛握着烧烤过的锅巴
手感觉着一种无可名状的滋味
纵也罢，横也罢
只怕再难调度飘零前的积蓄

落叶无声犹如默默地关注
伴着败草残花和凄星冷月
在一年的风里
青苹果熟透
再也品不出它的酸涩
心河封冻
再也看不见深处的水草
接着是走进旷野的冬天

默读昨夜的风

默读昨夜的风
年轮摇曳成过往云烟
飞旋，作为泛黄照片的背景
雨打夏冬年月的狂热和凄凉

只三步之遥便可以沉沉睡去
而从春城飞归的梦蝶
依然醒着，和风一道
倾诉最初的憧憬
自签，做小屋里朴素的标本

昨日夕阳下的许多美丽
在风抚摸孤寂的河心时
荡涤，任两行清泪
点点滴滴落向心坎

风霜雕刻过背影
星辰闪烁着笑容
祭奠枯枝败叶和彷徨悲切
升腾的血泪
摇摆擎着的手臂和风标

在河流以外

堤岸和我在河流以外
我们共同经历河流的宁静
在河流以外我要留下倒影
在她的岸上留下脚印
成为深深浅浅的日记

在河流以外
我还要栽一株柳树和目光
为你丝丝缕缕
为你牵牵挂挂
把厚重的日子编织成筐
装一枝无名的花

似流淌的岁月
也似流淌的容颜
昨天的河流不是今天的河流
我在河流以外等待
看见了上游的浪以及面前的清纯

莲　湖

鳞次栉比的楼宇挤到你的
周围，为倒映些许风光
倒影却在颤抖
伴着霓虹拉长的人影

其实，人很少再走近你了
堤阶长满潮湿的心事
只是那永远属于你的垂柳
依旧努力地
向着你，吻你

我便在你的边缘小心地行走
仍然滑进昨天的记忆
莲湖没莲，而
如莲的风水赶到早起的雾里
弥散在蒲城人家

钟　楼

站在一种高度，为人注目
和冬天的风雪一起
和夏日的骄阳一起
让人
知寒知暖
知早知晚

站在一种高度，掩饰了
内心的不平静
昨天和今天咬在一起
推搡着
吆喝着
历史便又记载了一天

而你依旧，站在一种高度
期望孤立
又害怕孤独
分分秒秒地惦记着
异乡兄弟的生生死死

你站在小城的高度
但愿，不是
一道褪色的风景

枞阳大闸

暮春，撩人思绪的季节
菜子湖上漂流过心酸的旅客
又一次心事涨潮的时候
任如烟美梦
荡漾到你跟前
待签，尔后一泻千里
流失一种莫名的骚动

而长江一线，随即涌动
泛洪的节奏
你开始痛苦地抵御着
暴风骤雨的叩问
在心的深处高亢一首
悲怆的歌，和灾难一起
澎湃到历史的最高潮

再次敞开胸怀，是江畔
风雨过后的时空
我看见了
鱼儿，一如既往地通过你
出去进来

狮子山公园

被遗忘的角落
起伏不平的心事
即便最廉价的呼唤
也是一隅风光

生活追求的原创力
犹如山道
蜿蜒
荆棘丛生
亭台只是旅途的驿站
而非终点

最怕信念被信念
在幽深处打劫
错过
远近之间的杜鹃花

亲爱的汶川

最后，我以诗歌的名义，乞求这座山峰
停止了崩塌
大汶川已把它所有的景致装扮成
一朵苍白欲破的梨花，戴着它，嫁往天堂
不得不说：那个母亲，她跪了下来
她在泣谢故土的抚育之恩，却只能狠心地
给襁褓中的宝贝留下一行思念和爱
不得不说：七日过后，另一个
诗人用一些词语安葬好自己，他说
其实，瓦砾是轻轻的，不像想象中那么难扛
不得不说：那些
在孤独或拥挤中匆忙上路的孩子们
他们让那么多石块
终在虚渺中缄默闭口和惭愧不已
他们让又一场暴雨
在降落时丢却自己的形状和肆无忌惮
他们让一切山崩地裂都后悔起来

如今，我亲爱的四川盆地

已是中国地图上一只盛满苦涩和血泪的杯盏
人们浅蓝色的悼念
如同镶嵌在碎瓷上的玉兰花
我把它的暗香
解读成废墟下亲人也许尚存的气息
哪怕视野一次次被失望绊倒
也只在月色下或者雨夜里擦拭满身的疮痍
我不能停下来
我要给逝去的母亲、父亲、妻子、兄弟姐妹
和孩子们，赶做前往天堂的通行证
我不能停下来
我要仍然、继续期待生命的奇迹

第四辑

居住在秋天的宋瓷里

静静地坐在一个人的秋天里，与宋瓷对话

我和罂粟的骨髓里必将流淌桀骜不羁的往事

居住在秋天的宋瓷里

这个深沉的秋天，注定是一只我懂得的宋瓷
盛满秋风和一些宽阔的落叶
不如，一个人寂寞的旅途
经过白沙洲，既而相望溱湖簖蟹
一丝目光下的地平线，把黄昏反复无常地折叠
从路边野菊里抽出恍惚的诗意
致以天空的一抹蓝

静静地坐在一个人的秋天里，与宋瓷对话
再见光致茂美的釉色
那抹天蓝宛若蚯蚓走泥
天人离合，析晶千年
秋风真是一个疯子
继续点燃我心中按捺不住的火焰
执子狼毫，大写红尘中无穷无尽的困惑
将矜持交还给沉默不语的大地
任凭雁阵飞去，千里之外
胡乱飘零了一地猝不及防的风花雪月

即将冬至
一场归来的狂风秋雨浇灭诺言最后的温度
这一场漫漶的秋水，漫不经心地
潮湿了故乡潦草的前世今生
秋天真是一把深切的剪刀
顺便打造了一个人额头颓败的村庄
秋天依然在窑变之中
终于将我按捺在宋瓷的厚胎里

秋天里，遇见一株红高粱

秋天里，我遇见一株红高粱
它和它水边的倒影
一起厮守着极其虚弱的黄昏

与秋风渐近，与往事渐远
我血液里开始奔跑着一匹张狂的白马
经过这株高粱的每一叶脉搏
尘土飞扬，大地颤抖
我咀嚼它的甘甜，掰走它的红穗
作为内心里那匹马儿温柔的鞭子

这是一株充满感性和诱惑的红高粱
被我打劫，被我征服
它对镜卸下所有的孤单
作了我行囊里绝对矜持的干粮

这株高粱，这一株充满感性和诱惑的红高粱
曾经寂寞地开花但做红颜终老

我的内心剧场里总有故乡

九棵枫是一座村庄，枫叶便是她的图腾
临行的我拾一枚带去远方
枫叶成了我的书签，成了我的信物
鲜花宁静，我的内心剧场里总有故乡

我在路灯下，对着枫叶写出第一行情书
许诺将来带着心爱的人回到九棵枫
没有浪漫，但是深情
让她与枫叶一般张开右手
抚摸我的心
让我握着枫叶，为她夏天摇着扇子
为她雨天撑着油纸伞

我的左手便成了枫叶
生命线脉络分明
我的书签和左手便被那女孩一起揣进衣兜

百亩桃花只为你一个人开放

前几年扶贫，九棵枫栽种了百亩桃林
大概不是为了桃子
更多的情节给了桃花
大概是为了故乡不仅限于秋天金黄
也要有春天的桃红
也要有少女的春心荡漾
你来，百亩桃花只为你一个人开放
你来，百般春风只为你歌唱

你来，我还要带你去十里羊场
那里有我帮扶建成的一排排光伏高高在上
我必然把你架在肩头
把时空暂停
我白天带你薅羊毛
晚上带你数星星
一地草色青青
如水的青春如月朦胧
你过来，九棵枫有十里羊场和百亩桃花

那个女孩在素描九棵枫

那个女孩在素描九棵枫
那先锋岗上至少有一万棵松树
松针土是侍养兰花的好肥料
那女孩是株兰花
九棵枫本是一幅山水画
但她选择素描
村庄的轮廓渐渐清晰起来
炭笔之下，人间烟火依然缭绕

我是素描之中的静物
我的问候也是暗语
九枫村恰好错过公路线
一株兰花恰好隐匿在石壁的缝隙里
这些都是那个女孩的画面
她的秀发随风飘逸
素描里兰花随风暗香
关于九棵枫的素描
画里画外的兰花互为彼此

初见罂粟

我承认，自己的心底有一匹害群之马
多少年的骑行，与罂粟或已擦肩而过
但我又一次不得不遇见罂粟
却是在一场摇摇欲坠的黄昏里

识得罂粟识得妖娆
它在僻静瘠薄的土地上，在风中摇曳
整个时间多么复杂
我在妖冶和梦寐之前徘徊
内心中藏匿着致命的贪恋
罂粟花语，让我选择欲望或死亡之恋
我的罪恶之手
依然剥落了那颗罂粟的华丽
我自心底打马经过罂粟的身体版图
经历了它不停地颤抖
它苦涩的乳汁，自内心的裂缝中倾泻而出
毫不留情地侵入我心思游离的山涧
让我猝不及防
瞬息之间淹没了我和我的马

让我的绝望有一些沧桑，也有一些陶醉

认识罂粟之前，它的名字曾经如梦如幻
从此以后
我和罂粟的骨髓里必将流淌桀骜不羁的往事

秋风牧马

许多秋天。我行走到那块土地上
有一匹马成为秋天里唯一的草
它的记忆多么墨绿
青草，然而草的青色
在这个季节不可以成活
让马和我一起住进秋风里吧
我是秋风必须鞭策的马
秋风不来，我也不会成为草的奴隶

一个只在马背上生存的部落
选取我作为酋长，我便
很本能地作为秋风里的一匹马
如秋草一般色彩单调
如秋天的事物一般渐渐消瘦

是秋风让我的卑微无处躲藏的
有关马的细节
正在被候鸟搬运着
像一棵等待秋风经过的树

把更多的记忆写得泛黄
还把它们撕扯得零零散散
随风飘荡，落地为泥

没有比这更糟糕的了
苍茫一望无垠
秋风让我以及马和草关联起来
如秋草一般沉默无言
如秋天的河水一般慢慢低落
所有的秋风
最终都被我和马相依偎着饮下

爱　人

这个秋天，我随行带着成群结队的麻雀
转达你的念念不忘
听说过应用爱情微积分
那些侵占灵魂的诗歌一直被算计
站在寂寥的河边，微风缱绻
忠告沉舸，并且委托夕阳和千年晚钟
恹恹地伫望穿透时空的悬疑

作为爱人，必然栖居在诗意饱满的落水桥
栖居在红枫飘零的岁月深处
仍在途中踯躅的人被笛音一次次灌醉
我雕刻自己的病态，毫无顾忌地拥抱火焰
触摸这片爱情的叶子，放荡不羁

猫头鹰必定是前世的夙敌
时刻盯守着我总在渴望打开的那一道门
我的爱人，忍住腰部绵延不绝的痛
在空洞的梦中阅读
一衣带水，语气低沉地埋藏着乌木

终其一生
墓志铭将是自己无法绕过的坚硬

我的诗歌里，首先要切切地记述爱人
然后，平静地接受你身心俱在的喘息和坍塌

我枕着你的名字想念明天

黄昏打发晚风捎给我玫瑰的嫁期
我打发忧郁的目光消瘦自己镜中的面庞
现在，我的心里有两个声音在吵架
两个思想，一个握着磨得发白的弦月
一个裹着四个秋季的枫叶
战斗的结果是显而易见的
一片一片飘落的是我血红的表白

可是你看不见，攀着娘亲晚饭时的炊烟
缓缓飘散在你心空里的
是风可怜我，为我编造的坚强谎言
我憔悴的爱情，需要你掀起猩红的窗幔
如果你的视野是个半径无限的圆
我淡忘的轨迹总在那条切线之外

焚烧你的信件你的照片
踩着你的影子赶每天的最后一班车
究竟是回家的路还是人生的路
在你的窗前拐个弯

隔着墙壁的厚度
为谁燃着的烽烟，我视而不见
昨天拾起的钥匙开启不了你今天的笑靥

我面对自己凝固着的冷冰冰的思想
我无言自己流淌着的热乎乎的血液
我抹擦不掉眼眶里噙了一天的辛酸
我清洗不尽身髓里感受一天的疲惫
这季节已是春天
我枕着你的名字想念明天
以及明天里淡忘你的方式

预习孤独

可曾想过守候北面的童年南面的初恋
你走了，只留下走过的轻风对比我的呜咽
你走了，走成三月桃花一般的背影

今夜的天空近有闪电远有雷鸣
你把归期写在星星的脸上
我透着清明时的暴雨
不敢预知是怎样的情节
你通过故乡的泥泞小道深深浅浅地叙述
我端坐窗前，素描雨点

雨的心里裹着你火红的嫁衣裳
别人看不见
如同我睡眼里哧哧燃着的火焰
你也看不见
当然，我可以告诉你我的想念
我们乡下的布谷鸟叫停一夜的雨叫醒黎明
你新居的电话总是忙音
还在梦里吗？是否因为走得太急太累了
其实我正想寄给你一阵鼾声
你能否破译我轰轰烈烈的理想

裙边之吻

梅雨来了。我曾试想躲在你的石榴裙下
躲这场雨，躲一种世俗
自阴暗的天幕循环放映着滚滚烟尘
谁会和天穹共鸣？接着下一场哗哗的雨
比往年要早但比我的泪少
涨潮了。我小屋旁有一个湖泊
被一夜醉人的云雨和泪注满

金首饰是黄色的，烟蒂是黄色的
我母亲菜油腻腻般的期盼也是金黄的
一望无垠的黄色油菜花啊
哪一朵可以读成你
用来固定我生命的坐标
一阵风的指向，一些痛苦的文字
毕竟表达的方式不同
我辛辛苦苦拟订的追云计划就这样
为词语乘载着随风而去

天，下了一场早熟的雨

浸透那粒粒筛出的相思，只有我知道
无雨的地方正在流落一颗星
你看见了吗？那飞翔的招魂的雨蝶——
一只翩翩的白色的雨中的蝶
多少回寻寻觅觅的重负
趔趔趄趄地歇到你的裙边
淋了一路的雨，一路小心啊

芦塘那边

星光点点。仿佛我额头的汗水，我眼角的泪水
如同许多表象
我赶了七百里山路追寻，依然没有落下
困惑自己的忧伤
晚风轻轻地吹拂潜藏心底的爱恨
秋风萧瑟。绝唱那一条鳙鱼的死亡
……环顾，我正抱着一根枯木
泅渡水域……四面芦塘

冬季来临。最后一队大雁组成生命的箭头
直指南方。繁华、热闹、温暖的南方
我却沉浸在芦塘的水中，清澈可见
鱼儿轻轻地游向深处
水鸟轻轻地从一种高度滑翔
水中的心。然而镰刀似的月亮
在天明以前，琥珀般封冻着伊人容颜

与承载我沉沉躯体以及沉重思想的枯木约定
坚持。最后三分钟或者最后三米

前方的芦丛只在咫尺之遥

不堪再见
挣扎。我已万念俱焚，我已悄悄闭上眼睛
芦塘的水浅涨三微米
恰恰淹没我的眺望
苇絮飘落。雪白的絮轻轻地落向头顶
这时的天空下起了零星小雨
这时的天空掉落一只受伤离群的雁
——在我最后的作品里

孤　灯

当然，这盏孤灯是你发现的
一个男孩夜以继日的思念
一杯茶水的时间
一张嘴，一副笑容，一摆纤纤玉影
一抬头，一回眸，一句潜台词
一只萤火虫飞向那盏孤苦伶仃的灯

当然，这盏孤灯照耀不了前程
周遭暗淡的背景
足够男孩一生跋涉
指南针带了吗？还有干粮，
照片带了吗？还有感觉
可以预言：男孩心痛神伤
那种白发底下才有的步伐
蹒跚、蹒跚

当然，这盏孤灯你不是唯一的观众
男孩受过你的牵引

点点的星光，点点的泪滴
汗水和叹息
全躲在那微弱的光芒背后
微微地喘气，慢慢地消逝

画中的女人

似一顶荷叶，你是中间盛开的莲花
蒙娜丽莎的面纱被你穿起
你便和她的微笑一样神秘
伏着的触及，是从头到脚的距离
在侧耳倾听吗，我可有三百里遥度量
伏着的姿态，是掩藏的胸襟
从第一眼开始
我就翻不开你书一样的扉页

似一把油纸伞，你的长发是层层叠起的骨质
戴望舒宁可告别丁香一样的姑娘
你能否散着同样的温馨，雨意绵绵地
为我撑起一方无雨的天空，让彻夜的写作
为你书写，一生一世的爱慕缘于
无心插柳般的穿梭织成一张相思的网
为你书写，时时刻刻的守候终归
平淡的流水清洗你的一路风尘

似一只陀螺，你被抽得不停地旋转

普希金与人决斗的子弹至今仍在飞行
你水灵灵的润滑是无情的加速度
瞄准我可是你最初的想法，如果
我倒下了我依然不明白我死不瞑目
埋葬我可是你最后的选择，如果
我迷失野外
我瞪着眼睛为你的嫁衣送行

似一朵云，你淡淡的色彩淡淡的笑容
徐志摩在货机舱里的视觉和感受
你紧系腰间的红绸，宛如
一根锁好的吊绳，我那么地绝望
辛辛苦苦的追求毫不犹豫地上了十字架
你轻挑头顶的发簪，宛如
一柄遮掩的断剑，我那么的脆弱
凄惨的理念埋葬在昨天

是一首歌在让我陶醉

是一首歌在让我陶醉
是她的词和旋律
是属于我的妹妹和声音
成为今夜入梦的理由
是的，只有一滴雨水的天空
是我们生活的背景
请允许几枝玫瑰
和一捧巧克力的表白
请允许我放纵地抒情
是文字扶住感动着的自己
是雪地留着的脚印
承载属于我和妹妹的
每一分幸福时光

我的初恋叫云

我的初恋叫云
所以女儿
你可以想象她飘走以后
就是你现在抬头
看见的天空

让一只蝴蝶
来解释彩色的衣裳
让我在春末夏初
回忆一次潮涨潮落

这个江南。女儿
纯粹为你命名
我才漂泊到
这个水做的江南

像酒一样愈来愈让人渴望

写不完一封给你的信，我想抽烟
抽屉里满满的稿纸满满的思绪
还有小刀子、铅笔、橡皮以及磁卡
甚至前天晚上酗酒时开启的啤酒瓶盖
固体胶黏合的两枚钢镚儿
在白天可以买一盒低廉的香烟
在夜里特别是这样的深夜
只是暴露的重叠和苟合
我一看心就凉了
在列举乱七八糟的东西时
忘记提自己的悲伤
你看，三年的爱情
躺在一张揉皱的纸上懒得靠近
一支生锈的香烟是你当年掐死的
三厘米长正好等于我的身材和潜力
等于你的眼光和梦想
抽在我脸上的耳光
响得最亮的是你的哭泣
陷得最深的是你的泪水和咬牙切齿的爱
久了也就陈了，像酒一样
愈来愈让人渴望

我梦里的天空下雨了

我梦里的天空下雨了
淅淅沥沥地滋润
枕巾上的花草树木
赶着在秋天开花拔节
在春天捧上一盘硕果
前提是，我要夜夜不停地浇灌

买来一把雨伞准备着
怕你的微笑淋湿
怕你感冒了
又有不见我的理由
买来一些点心准备着
怕你行走中饥饿了
又埋怨我不细心又要回家

这场梦中的雨
这场专门下给你的雨
我五十五天的泪水
孤注一掷地滴落

许多情节是不曾预想的
如同我们的相逢
很多的路
回首时弯弯绕绕
雨夜里走过
深深浅浅

一只鸟在雨中飞
你的手
我被缆绳牵着的目光
还有几分遥远
守望
一个孩子的掌声今夜抵达

一个乡下姑娘的婚事

这是一个叫梅的乡下姑娘
下意识地最最后一次
羞答答地骚动那颗心

趁残霞不曾褪尽
爬上坡顶，梅守望暮归的梦中情人
丢一把香汗，蝉鸣绯红一片心空

一阵晚风，轻轻吹去
所有的痴心妄想
梅撕碎用心叠成的纸鹤
憧憬在空山缥缈

乡下的梅，是爹娘如花似玉的筹码
最是昨夜的唠叨和旱烟闪熄
应诺成一仓的谷子

呜咽的梅，抽噎的梅
诅咒了一千次贫穷的梦中情人

用泪水洗却一千个昼夜的骚动

清醒是永远的现实的梅
爹娘额头的沟壑
流走她最后的期冀和心伤
让一段欲说还休的情感
在这场黄昏时的偷窥中夭折

明天就做别人的新娘
梅的幸福是爹娘眼里的
风光，姑爷家的吹吹打打和一幢楼房

这是二十世纪末的乡下，三天
成就了一个叫梅的新嫁娘
她的四个弟妹，也将听着鞭炮声长大

失眠的爱情

风过灯灭，月上柳梢
千百回梦里梦外的凝思
在一杯浓浓的茶水里集合
伊人用一种甜甜的笑靥
拒绝苦涩，今夜爱如潮水
注定回头的失落

有一只迷途小鸟幸福地死去
诗孩的心河澎湃起来
淡淡的哀愁在浪尖点缀着
一无所有抑或无所不有的情感世界

霓虹赶到遥远的城市
陌路纵横，伊人模糊的倩影
醉倒在灯红酒绿之中
清醒又糊涂地等待黎明
梦听驼铃，梦见朝阳

红 兜 兜

那天，黄昏照在儿时的红兜兜上
我听到了自己的乳名
我听见了自己的童音

那天，一只麻雀滑过视野
我又支起捕捉小鸟的筛篮
我又举着火把看天狗吃月亮

啊，多么美好的回忆
我将脱下儿时的红兜兜
仔细打量

不变的形状在我的脑海里
褪色的童年在夕阳下
啊，我要将什么好好珍藏

后窗有墙

至今，才发现你的辛勤
形而上的一堵墙
我第九次抵达时砌成
房间为床帘分隔
前窗有灯，有架脚踏风琴
后窗对影的人看不透一堵墙
烈烈燃烧着的外面世界
不是准备耕耘的泥土芳香
孩子们啃过冰棍
被我忧郁的目光冷凝
这温度
可否融化你的心
可否倒塌一堵墙

有一扇门被风打开

有一扇门被风打开
你没有来，你坐在风做的承诺里
与我擦肩而过
回眸也与我擦肩而过，没有关系
预演，从昨夜开始的雪籽儿
尿素一样地促生我的孤单
泪水润湿的大地
怕你发现和嘲笑甚至自作多情的
怕你伤心
我急急忙忙衰白的头发
覆在母亲和我的心空
所以我要严词告诉你一件事
责怪我埋怨我都可以
切不要怨我的母亲造就我的矮小和低能
我还要歌唱生活和生命

感觉失恋

你看我在人前的欢颜，抽烟
一种陌生的消费让我感觉
没有泪
没有流泪
一个熟悉的身影在整个屋子的
缭绕里
被满地的烟蒂绊倒

摔伤，两个人
真实的我在麻木过后才感觉到
真实的痛
沉痛的思想压在今夜的孤枕上
压断了一床新棉絮的细纱

在人前积蓄
一百六十九分钟的哭泣
依旧无声
而夺眶而出的相思，让我
淹没在楚歌里

如同刚才一个屋子的悲伤
我看见一个熟悉的身影

在轻轻地倒下
在我的面前

也许我只错过一次时光

我后悔风雨追随的那些
岁月，没有小心翼翼地规划
没有寻一湾平静的港
呵护自己的朝思暮想

如今我忧郁的目光
只为一张曾装点什么的信封
神伤，它拒绝
并且尽可能地淡泊我的幻念

我绝望地面对你
每次牵强的笑颜
行将枯竭的心河里流淌
一种莫名的牵挂深深

对生活的误解，就像
十字打头岁月里的冲动
当某种思维演绎的时候
乏味的苦旅又回到了起点

事实上我们没有经历
一次惊心动魄的死亡
却叫我常常地想
也许所有的补偿都为时已晚

泪光点点中，读透纤弱女子
背后的坚强
我在单轨的行程上为你遥望
为自己发一趟遗憾的列车

顺着我手脉流淌的冬季

题记：有血，没有雪
　　　　见到了红色，不见白色

往事轻叩心扉，爱埋在梦里
埋在今夜的孤枕里
无眠的鸟鸣落一颗星星
无眠的风割裂一颗心

窗外。老树抖落最后的憔悴
趁着夜色
枯藤缠绕不了鸦的鸣叫
浅水掩藏不了小桥的底部

趁着夜色
她在寻觅今夜的归宿
她辛酸地赶风花雪月的场
那个流浪的吉他手
没有弹醒失聪的故乡
终究没有回来

天涯海角的爹娘总是
水往下流，往下流的
眼巴巴的期望和晶莹的泪滴

同命也为海水也为蓝天
人们自然而然地想到
它们生活的广度和色彩
血和雪呢?
它们是不肯融合的

正好
这是一个没有雪的冬季
便对比不了最初的花季和纯真
便摆一排香炉，擎心为香
一直烧到腊月皇天
谁见到了血燃着的颜色

经过小河湾

1

你的模样。

在此之前，我一直端详美眉以及睫毛的姿态

是谁第一个告诉我你的名字，诗意的称谓

书写着一段辛酸的往事，在轻轻地流淌

——便成了小河湾

2

你不应该是一个低俗的图腾

枕着大关，饮着舒茶

你的弯度是扭曲的人性

我至今才相信这世上有着痛苦的快感

你的坡度是坎坷的人生

我的文字依旧填补不了你无休止的渴望

你的表达只有一个短句

——慢慢流淌

3

是谁把你安放在这儿

徐娘关着门窗的想象是昨日的少女春心
舍得吗　点一把火，爱情就会憔悴地死去
你有一种并不崇高的心愿
待到冬天披一身缟素
——祭奠纯洁

4
点亮招牌，你便在人们的口辞中闪烁
小河湾，如今何止一个名词了得
车水马龙不是你的繁荣
落红成阵也不是你的凋零，没有最佳的修辞
——赋予你

5
多想擎一束玫瑰装饰你的红尘之梦
该是怎样的一个奢望
但理念的告白让正人君子离你三百里之遥
山口守候的风的呜咽拒绝了多少垂涎三尺的跋涉
你好比一座寺庙的诱惑
——还有不断的香火

6
总要结束的缠绵，你把
镜子前的自己打扮成一朵花
一场怅然若失的梦在黎明到来之前耷拉下脑袋
所以你才是
——一朵开在镜子里的花

7

忘却吧，你还有几度青春可以流连
描述往事的心情常常翻阅泛黄的照片
你的不幸让流水偷偷地拍摄着，带到了远方
现在征求你的意见
——是否愿意展览吗

8

我再次驱车路过，你
弯的道，我用心把它开得笔直笔直
可我总担心直的旅途
一不留神就走弯了。如同你修长的双腿
一迈步就成了圆规，圈住
——浮着的心和败坏的名声

9

不曾遗忘，你
这在民间蒸发的魅力让多少人迷失了奔波的方向
一辈子的打拼是摆在妻儿面前的谎言
真实的故事，躲在你青涩的河滩演绎
所有的一切都兜到我的名下
——你不必在意

七夕：给你（组诗）

你的声音在我的耳朵里居住

是天空留给我无穷无尽的迷茫
是雪花在一片一片地飘落
是一个小时前的雨水渗透心情

一个小时前我在话吧给你打电话
为遥远的你祝福美好生活
没想叹息和憧憬趁机干架

我的拥挤绝对赛过公交车了
我将在公交车中感受思绪的疼痛
在雨水中感受冰凉的晶莹

从来没有想过会在这个站台上
等待你的回答等待你的到来
是天空传递着没有阻隔的消息

是雪花还在一片一片地飘落

是你的声音在慢慢地融化
在我的嘴里和耳朵里居住

你的名字好像一朵梅花

你和今夜的月光一起走向我
我的幸福就是宁静和淡淡的纯
我的书写就是苍白无力

是你的眼睛清洗我的坦诚
是你的模样占据我的心灵

你呀，我倾心的爱人
戴着梅花一样的名字
我感动的泪水能不能被你看见

我在冬天里孤独地行走
闪过凛冽的风
苦苦守候
你带来春天的消息

你的目光是一条街道

你的目光是一条街道
你的名字就是街的名字
你的笑容是一间铺子里的鲜花
你的泪滴里游动着小金鱼儿

你的目光是一条街道

你的秀发是飘动的云
你的阁楼空空

你的目光是一条街道
你的山峰和河流是张黑白照片
你的脚步轻盈
你的叮嘱被骆驼背去

你的目光是一条街道
你的街上有许多人
你的梦中由我种下心情
你的春天或者视野不及千年

我的长发串起一粒相思豆

我的手按下订书机
两张纸订在一起

我的嘴亲吻你的照片
两张嘴吻在一起

我的泪滑落大地
两滴苦涩埋在一起

我的长发串起一粒相思豆
两地的相思永远在一起

我来的时候

我来的时候，你站在门口

我来的时候，你笑成温柔的鱼钩
我的那一根神经便绷得很紧
你一摇摆你的温柔
我便睁着眼睛上钩

守梦时分

冰天雪地
凝着古老的黄昏
凝不了年轻的梦

辗转反侧
仿佛晾一挂潮湿的心情
泼墨了许多美丽的憧憬

是谁
在水边守望莲子
不知不觉地迈进
风烛残年

伤心
多少回泪光点点中
你是出水芙蓉

短歌：想起蝴蝶（15首）

想起蝴蝶

缘于一只蜻蜓的叩问
我想起了蝴蝶以及它的睡眠

缘于一段无心插柳的穿梭
我拾到一本记叙美丽和温柔的书

蝴蝶和书
睡着的姿态一如打不开的扉页

这样也好
梦醒了，书也会展翅飞翔

苹果挂枝久了

苹果挂枝久了
牛顿的发现是第一运动定律

泰山顶上的人待久了

听见杜甫“一览众山小”的朗诵

我静立十三层楼的顶部
一阵风足以左右我的前翻后仰

缘

你我约好了再见的日期
你便收下我给你买的日历

也许是千万分之一本的装订错误
也许是三百六十五分之一天的缺页
正逢上我苦苦等待的幸福时光

想　念

想念风和雨
想念在风雨中的那把伞

想念伞面贴近我的面庞
我的面庞贴近你的时刻

想念你紧抓我的手
我的手便紧紧地握住命运

追　梦

如果尘封也是一道风景
那蕴含的便是年轻的我的梦

想象一生一世的缘分
我让所有的诗画
守着一颗千年不醒的睡莲
脉脉含情

一颗，可以等到天荒地老的心
挂作风铃
在梦中轻轻叮咛

如果大地不是起起伏伏的

如果大地不是起起伏伏的
夜晚不是黑色的

那么我
可以列举这么多不存在的的词

比如高低、上下、不平等
以及递进的公正和公证处

比如漆黑、暗淡、肮脏、看不见
以及遮掩的幕后和腐败

刺槐花

这麻雀，啄我乳白的清香
不要以为所有的倒垂都是耷拉脑袋
铮铮铁骨并非扎眼的小刺
好比花香

闻到的，不只是飞过的麻雀

拥　挤

拥挤是这条街上一个流浪的词
我的目光找寻你的背影
你默默地看我在拥挤中受伤

渔人和网

收网，拉一网银鳞
那白色的闪闪的是鱼的瞳孔
夸张的瞳孔
只在网里复制千片万片
渔人并没有收获什么
他感觉自己正在被人俘虏
要不，周围的世界怎的也暗了
成一张网
谁是渔人

云

我抬起头
你流一滴滚烫滚烫的泪

我低下头
你乘一阵风远远地漫游

萌　芽

所有的白发覆盖
并非
老态龙钟

整个冬天的渴望
蛙鼓一声
谁
正在蠢蠢欲动

后　果

将爱情注入叶脉
叶子便憔悴了

我乘风降到人生的最低谷
你走过无情的脚步
轻轻地如同你轻轻地喘息
那么轻轻地一揉
碎了落叶碎了我的心

素描的雨点

雨点和你一样
白白净净的
一经我的素描便黑了

这才是书写的模样

纯纯朴朴的
我随手一摸便玷污了

纸

我有时是一张抽象的纸
苍白无力的语言
重复角色，重复南腔北调
叙述一些往事
一盏十月十五日的河灯
在水上飘飘荡荡

我是否是那张纸
是否被一度折叠成船形

秋　歌

没有一棵老树能够落尽我的思念
没有一湾清潭能够照清我的容颜
日子飞过，白发忽生
我的人生年轮已然到了落叶的秋季

后记　火树银花的世界

我是“病人”。7岁那年，我玩火严重烧伤了妹妹，烧死了自己的先天性快乐。此后犹如指边枯叶的日子，如枯叶般毫无生气，如枯叶般摇摇欲坠。极力要摆脱仅剩的一丝牵系，却又有了身归何处的恐惧。在风中瑟抖，在雨中呻吟，怎么还敢紧攀着早已不再滋养庇佑的断枝不放？暴虐的风雨，击碎我多少脆弱的痴傻……放逐……焚毁……

渐入中年，我的病灶逐渐扩散。意念之中，我越来越觉得自己是一名后天性铁匠，而每一个词语都是生铁。经我锻炼和敲击，它们又是一把把手术刀或一颗颗药丸。借助它们剥离或抑制潜藏在我内心的毒瘤。

用词语疗伤，每一个黄昏都是一副担架，普度众生。

一心向佛，一念成诗。

日居燕窝，夜守山门。

我每年都会从生我养我的九棵枫出发，前往九华山。与佛祖对账或对簿公堂。

在大天台，有块巨石上镌刻着“南无阿弥陀佛”，另一块默默陪伴，它们的夹缝叫作一线天。我带着光影从中穿过，看见一枚硕大的同心锁，有三三两两的香客在指指点点，在大雄宝殿的后面，在佛祖的背后。

我虔诚地拜在佛前，意愿归隐。我将熄灭自己铁匠铺子里的炉火和叮叮当当的打铁声，不再铸剑，不再绝秋。我不忍听母亲念念有词的唇语，不忍看父亲在老屋前前后后踱步。

放下故乡，放过所有的物是人非；素描雨点，素服所有的日月星辰。

即将立夏，那么多裙裾飘忽如蝶。妹妹静默地坐在室内，看着窗外，又是一个疗程，究竟还要经历多少未知的痛苦和楚悲。

我抽一屋子的烟，去缭绕时间。用抽烟的方式麻醉自己，不是我的发明，是我参照谢思球的最新发现。习惯了，在醉着的时间里喜怒哀乐，所有的动作都是那么地本能，没有掩藏，更没有修饰。

一阵雷鸣，一束闪电，根本用不着修改。

当一切归于幻觉的时候，我可以对着镜子卸下沉沉的疼痛。在醉着的时间里，我可以借口，我不理睬外面任何人的使唤。我可以翻箱倒柜，寻到我如水晶般透明的魂，从来不知被一根红绳系住的还有我如水晶般的心。当我的纯真已不再是妹妹的屏障，但愿我的坠落能惊醒这场噩梦。

那么，用秋风裹紧自己，我的头发像黄叶一般被岁月抓落一地，与父亲的腰一起卑躬着，我们面对面时就是一副括弧。日子如此沉重，便迫使自己成为收集词语的天使，从不诅咒爱情、高尚和梦幻！

几个亮如白昼的夜里，陪我沉迷的是我枕边那不知疲倦的时针，被时空的手攥紧了自己的情绪，何时获得自由?

此后，有幸赶去青阳县，我去聆听江弱水。他馈赠我半场讲座和《诗的八堂课》，而我先前只是舒羽的读者。当我默认猫充满怨愤的尖叫是一种宗教时，所有的矫作都是一种荒唐的仪式。那是竹管在哭泣，它吹破了夜，故乡遥不可及！

他们相互扶持，他们近在眼前，但他们的高度让我遥不可及。

有时我会在某幅山水画上涂抹几笔浓淡，丹青之间尽是红尘往事；有时我会为某幅山水画镌刻几枚闲章，钤印之外尽是玉石俱焚；有时我会为某幅山水画配发几句绝律，言辞之中尽是人间烟火。

我依旧不能抓一把风，抓一把雨。我已经等待太久了，一道道鲜血顺着风的沟壑流淌，却在面颊上拧着痛苦。与词语对抗，我无法选择回头的路，我无法回头。

我的伤痛已然隐匿风雨之中，与另一个自我遭遇。那永远无法捕捉到的幸福在我的手中不断地幻化着。那么些词语叠加，色彩斑斓，我在诗歌之中找到了另一个自我。一排黑木头在右边高高凸现，兀立在自己去往南京的路上，与一千只候鸟一起临水而居……

再一次飞翔？李云是最近的星辰，他让猎户星座破译我今夜的惆怅。早年丢失的戏园，与一匹母马刚刚产下马驹一起蠕动。茫然而幽邃的光亮也许是弗罗斯特种下的灯盏，“我生来就是忧郁的角色”。就像田野上风雨来袭，枯草残花瑟缩抖动一样自然。我还这么年轻，却又那么地沧桑！我让悲苦、疑惧和心神不安离开自己的诗行。

也许，我终将跟随着平庸的生活慢慢衰老，直至死去。但我在漂泊时遇见轩辕轼轲，赐予我一大把附加发行的货币，供我竭力透支。迎面而来的风尘，能否铺展我的纯真？在菜子湖畔洗涤浮华的背影，让所有的情节渐渐暗下去。

冬至之前，我眼里的夕阳是一个优美的伤口，期待着。乌鸦在光秃秃的枝丫上不停地鸣叫，成为这个季节的句号，既不惊讶，也不哭泣！一位佳人戴着梅花一样的名字款款而来，兑现一千次梦醒时的擦肩而过。于是，我折叠自己的身材，只为衬托妻和子与日俱增的生存高度！

我，始终记得那场火。火，如炬的火焰在苍穹下烈烈而舞，燃烧我的悲壮。一夜狼藉，火焰的精灵奔向太阳，以如此的热度风干泪滴。我还有多少轮廓在茫茫人海之中走动呢?

两只蝴蝶从我的梦想边缘飞过。我坦诚地从心中掏出一把殷红色的吉他，开始弹唱。我曾经深沉地去凭吊海子，去向海子借那把西域的藏刀，切割自己的情感和懒散。我也写诗了：面朝菜子湖，诗意扩胸!

向左吧，菜子湖是我端在左手的一杯清茶。于潮湿之中滋生的思绪，尽是水声汩汩，飞鸟赶路。阳光透过一片瓦房的缝隙，挂在墙上，我的写作模式有如十年长风依旧。

我打开一扇门，小心地守着自己，伫立在逆光之中。我很庆幸，自己是尘世中遣返往来的水流，成为麒麟之地的一阵旁白。

2020 年 10 月 28 日